내향인 공통의 생각

내향인 공통의 생각

초판 1쇄 발행 2022년 8월 20일

지은이 박사랑

펴낸이 김진규
기획 밀리의서재
경영지원 정동윤
책임편집 김민영

펴낸곳 (주)시프 | 출판등록 2021년 2월 15일(제2021-000035호)
주소 경기도 고양시 덕양구 권율대로668 티오피클래식 209-2호
전화 070-7576-1412
팩스 0303-3448-3388
이메일 seepbooks@naver.com

ISBN 979-11-92421-07-0 03810

박사랑 지음

내향인 공통의 생각

당신도 호모 센서티브입니까?

시프 ORIGINAL

믿거나 말거나, 호모 센서티브 자가 진단 테스트

1 비 오는 날을 좋아한다. 혹은 날씨 좋은 날은 나와 하등 관계가 없다.
2 친구라고 부를 사람이 거의 없다. 있어도 점점 멀어진다는 생각이 든다.
3 혼자 있는 게 가장 편하다.
4 책이나 영상을 보며 인생에 대해 배우기를 좋아한다.
5 대화보다 글이나 그림으로 감정을 표현하는 게 더 쉽다.
6 싸우기 싫어서 나쁜 말을 듣거나 할 말이 있어도 참는다.
7 사람 없는 카페의 구석 자리가 내 전용석이다.
8 '무엇이 저 사람을 저렇게 만들었을까?'라고 종종 생각한다.
9 다소 염세적이고 비관적이다.
10 누군가를 정신적으로 힘들게 하는 것도 중범죄다.
11 비교적 눈치가 빠르며 통찰력이 있다.
12 물질이 정신을 지배하는 현상은 섬뜩하고 안타깝다.
13 성격이 특이하다는 말을 종종 듣는다.
14 자기 스스로도 놀랄 정도로 냉정해질 때가 있다.
15 가끔 호모 사피엔스보다 다른 동물과 더 잘 통한다.
16 마음에 상처 입는 것이 싫어 종종 외로움을 감수한다.
17 직감적으로 안 맞는 사람과의 만남은 피한다.
18 상대의 기분에만 맞춰 장기간 지내본 적 있다.

19 카멜레온 같은 처세술에 능하다.

20 예민한 내가 싫지만 가끔은 좋다.

21 우울증, 대인 기피증 등으로 불리는 증세가 익숙하다.

22 사람을 구경하거나 관찰하는 것을 즐긴다.

23 어떤 관계에 심각한 싫증을 느끼면 아예 연락을 끊는다.

24 나에게는 심각해 보이는 누군가의 인성이 다른 사람에게는 그렇게 안 보이는 것 같아 의아했던 적 있다.

25 종교, 신화, 점술 등 비현실적인 것에 흥미를 느낀 적이 있다.

26 '말해봤자 뭐 해.'라는 생각을 자주 한다.

27 세상 살기 어려운 성격을 가진 것 같다.

28 감정이나 생각을 표현했을 때 이해받지 못한 적이 많다.

29 편의점이나 대중교통 등에서 사람들을 볼 때 괜히 짠하거나 울컥한다.

30 이 테스트를 끝까지 했다.

결과

0개	혹시 새로운 인류?
1~5개	호모 사피엔스 중에서도 무심한 편.
6~10개	평범한 호모 사피엔스.
11~15개	마음속에 잠재된 센서티브한 본능을 깨달을 단계.
16~20개	호모 센서티브로 각성!
21~25개	걱정하지 마세요. 당신은 이상한 사람이 아닙니다.
26~30개	동족이여, 지구는 척박하나 포기하지 말고 생존합시다. 달리 갈 데도 없는걸요.

차례

믿거나 말거나, 호모 센서티브 자가 진단 테스트 • 004

prologue

나는 내향인입니다 • 008

우울의 시작은 사소하다

우울의 시작은 사소하다 • 018

이 세상 대부분의 혼자는 아무렇다 • 024

외향인 vs 내향인, 내향인의 정의 • 027

아직 충분히 울지 않았잖아요 • 033

이해받지 못하는 게 죄는 아니지만

돈을 많이 벌고 싶지 않다는 게 이상해? • 042

연약하다는 것은 약하다는 것이 아냐 • 055

내가 번호를 바꾸지 못하는 건 • 067

호모 센서티브 이론

만렙 집순이의 연애하기 • 076

당신도 '호모 센서티브'입니까? • 089

대화의 나르시시즘을 조심하세요 • 100

쿨해지기 영역 1등급 • 110

저 사막 위의 선인장처럼

나는 또 먹겠지, 왜 사는지도 모르면서 • 120

응, 너 우울한 거 맞아 • 128

내가 만약 10만 원을 잃어버린다면 • 137

누가 뭐래도 긴 글을 쓸 것이다 • 141

호모 센서티브 생존 가이드

와식인간, 그 이후 • 154

선을 긋는 것은 편리하다 • 161

너무 많은 세상 • 166

나를 알기 위해서는 결국 타인이 필요하다 • 171

내 안의 괴물 마주하기 • 178

epilogue

아무 일도 없는데 다치고 있는 당신에게 • 190

prologue

나는 내향인입니다

열다섯 살 하굣길, 아이스크림을 훔치는 아이들을 봤다.

같은 학교 남자애들이 환한 대낮에 동네 슈퍼 앞에서 아이스크림을 꺼내 품에 감추고 낄낄거리며 도망쳤다. 펄럭이는 교복 바지 자락에 앙상한 다리가 드러났다. 땀 냄새가 날 것처럼 끈적끈적한 얼굴로 질주하던 그 아이들이 오랜 시간이 지난 지금까지도 잊히지 않는다.

20대의 나는 거리를 거닐며 어떤 것을 관찰하고 홀로 숙연해지는 시간을 자주 갖는다. 껍질이 벗겨진 플라타너스 나무 기둥의 무늬는 어디서도 볼 수 없는 신비로운 무늬라는 걸 아는가? 반짝이는 간판, 땀에 젖은 셔츠, 빈 커피 컵, 흐릿한 터널의 불빛, 흔들리는 강아지 꼬리, 구두 신은 여인의 까진 발뒤꿈치, 후드 점퍼, 아이를 어르는 어머니, 무언가를 골똘히 읽는 남자, 술에 취해 고래고래 소리를 지르는 취객.

도로의 자동차는 쉼 없이 달린다. 모두 하루가 가기 전에 어딘가에 멈추겠지. 필시 무력한 다리로 내려서서 땅을 딛고 숨을 쉬며 걸어가겠지. 이곳에 나고 자라 몸을 움직이고 숨도 쉴 수 있는데 여전히 정답을 찾지는 못하지. 무엇이 '나'인지, 무엇이 성공인지, 무엇이 행복인지.

다들 행복한 삶을 살고 있을까? 모두의 마음은 안녕할까. 나는 이 세상에 행복하지 않아 보이는 사람이 얼마나 많은지 느꼈다. 무수히 많은 실이 엉킨 타래 속에서 자신에게 맞는 딱 하나의 실을 찾지 못한 사람들. 여러 이유 때문에 겨우 발견한 실을 놓아버린 사람들. 그런 실 따위 관심 없는 사람들까지.

나는 행복한 사람일까. 하루에도 맞다, 아니다, 여러 번 바뀌는 생각. 나는 행복하다고 쉽게 결론 내릴 수 없는 것 자체가 그다지 행복하지 않다는 뜻일까.

예쁜 정장을 입고 정신없이 조는 사람을 보았다. 술에 떡이 돼서 자꾸 내 어깨에 머리를 박아대는 원형 탈모 아저씨도. 연신 어깨를 맞다가 도망치듯 자리를 옮겼다. 행복한 삶인가. 지친 듯 서서도 졸고 있는 사람. 어제도 늦게까지 원치 않은 야근을 했다는 아는 언니. 그리고 지난밤에 무심코 보았던 어느 고등학생들. 주택가 골목에서 담배 연기를 흩날리며 걸어 나오던 까무잡잡한 그 애들. 깡마른 허벅지로 어딜 그리 걸어가는지. 열다섯, 아이스크림을 훔쳐 달아나던 무리가 다시 떠올랐다. 모두 그 애들과 참 많이 닮았다고 생각했다. 마음에 까슬한 모래 한 줌을 품고 사는.

나는 참 사람에게 관심이 많구나. 언제부턴가 그랬다. 그네들을 보고 있으면 가끔 눈물이 났다. 다들 행복해 보이지 않아서. 너무 힘들어 보여서. 왜 이렇게 살아가는 걸까? 다들 무엇을 목적하고 있을까? 그 목적한 바에 다다르고 있는 걸까? 행복하지 않은 사람이 이렇게 많은 사회가 정말 옳은지, 그런 생각을 자꾸 했다. 낭만을 좇는 이유는 다 행복하지 않아서라고.

나보다 밝은 사람을 만나 나를 숨기고, 나를 걱정하는 사람을 만나 울음을 삼키고, 가까이 있어도 멀리 있는 듯 어색한 공기 안에서 침묵하며, 그렇게 모두 화를 키운다.

세상에는 화가 넘쳐난다. 어쩌면 우리가 화를 내는 이유는 다들 특별한 사람이고 싶어서다. 서로에게든 자신에게든. 하지만 우리는 서로를, 자신을 이해하지 못할 때가 많다. 서로 이해하고 이해받지 못하는 사람들은 잔인해진다. 총알처럼 허공을 가르며 서로를 베는 말들이 무서웠다.

그래서 도망쳐버렸다. 마음을 걸어 잠그고 입을 다물었다. 한동안 베개가 차가웠다. 이런 세상에서 어떻게, 언제까지 살아갈 수 있을까. 이런 감정을 누구에게 말해야 이해받지? 사는 건 참 지겹다. 미래는 과연 행복할까?

상담자는 나에게 "당신은 우울하다."고 했다. 아, 그렇구나. 그게 내가 힘든 이유구나. 정말? 정말 단순히 우울하기 때문에 이런 생각을 하는 건가?

나는 세간이 정한 '보편'의 기준에 맞지 않았다. 남들은 당연시하는 무언가에 늘 질문을 던졌다. 쉽게 불편해하고 아파하는, 이 땅의 티눈 같은 존재였다. 그래, 한마디로 정의하면 그랬다.

가만히 누워 있고만 싶었다. 하염없이. 이불 속에서 픽션에만 빠져 살았다. 영화나 드라마를 보거나 음악을 듣거나 책을 읽거나 게임을 할 때는 불안하지 않다가 모든 걸 덮고 현실로 돌아와 침대에 누우면 불안이 덮쳐왔다. 그러다 다시 픽션으로 향하는 재생 버튼을 누르면 거짓말처럼 눈물이 쏙 들어갔다. 이러다 큰일이 날지도 모르겠다 싶었다. 아침이 밝아오고 날이 따뜻해지고 밖이 떠들썩해질수록 나는 더 가라앉았다. 아래로, 안으로, 구석으로….

외출하면 세상의 화가 내 에너지를 빼앗아갔다. 소진된 채 돌아와 할 수 있는 일이 무엇일까 고민하다 나를 상처 입히는 것 대신 글을 쓰기로 했다. 그저 외치고 싶었다. 세상에는 이런 사람도 존재한다고. 쉽게 문을 걸어 잠그고 숨어버리지만 나 또한 위로받기 위해, 이해받기 위해 나를 보여주는 존재였던 것이다. 나의 글은 그렇게 쓴 문장들이 모여 만들어졌다.

다시 행복해진 것 같다가도 우울은 불시에 찾아왔다. 글을 쓰며 나 같은 사람은 '우울증'이니 '대인 기피증'이니 하는 증세로 간단히 정의될 수 없는 존재라는 걸 깨달았다. 우울이라는 건 마치 스위치 하나로 껐다 켰다 할 수 있는 게 아닌데 말이다. 다들 우울에 그렇게나 관심이 많으면서 정작 사람 자체에는 별 관심이 없는 게 서글펐다. 가장 중요한 것을 놓치고 사는 것 같았다.

주목할 건 우울의 정의나 원인, 치료법이 아니다. 우울하고 무기력한 사람이 살아가는 인생과 일상의 결, 그것에서 포착한 그들의 감정과 마음을 느끼는 것. 그저 누워 있고만 싶은 사람들이 평소 어떤 생각을 하는지 들여다보고 이해하는 것. 그게 제일 중요하다고 생각한다.

보이는 것보다 인간은 훨씬 복잡한 존재이며 그 자체로 하나의 커다란 서사다. 우리는 매일 놀라우리만치 유기적이고 흥미로운 개개인의 서사를 맞닥뜨리며 살아간다. 그리도 아름답고 신비한 존재로 살아가면서 어째서 우리는 나를, 너를, 우리를 아프게 하는가. 우리는 왜 우리의 마음을 경시하고 물질만을 좇아 사는가. 왜 우리는 나와 서로를 용서하고 이해하지 못하는가. 그런 현실이 왜 그리도 아픈 걸까.

한 명의 청년으로서, 한 명의 우울한 사람으로서, 한 명의 내향인으로서, 그리고 한 명의 인간으로서 숭고한 우리네 마음에 바치는 헌정 에세이를 쓰고자 한다. 중심과 주변, 그 사이 이방인의 세계를 끊임없이 방황하는 사람에게 넌지시 손을 건넨다.

우울의
시작은

사소
하다

우울의
시작은

사소
하다

; 2014년 10월, 첫 사회생활인 마케팅 회사 인턴을 시작한 지 절반이 지난 시점이었다. 주말에 시간을 내서 고등학교 때 친구들을 만났다. 우리는 서로 사는 이야기를 했다. 나는 휴학을 하고 인턴으로 일하고 있었지만 친구들은 모두 학교를 다녔다. 한 친구는 대학 생활의 고충을 토로했다. 수업을 따라가기 벅차고, 주변 동기들이 학점을 위해 매일같이 공부해서 경쟁이 치열하다고 했다. 과제가 많은 데다 공부까지 해야 하는데 돈도 없어서 죽을 맛이라고. 다른 친구도 마찬가지였다. 시험 기간까지 겹쳐 많이 예민한 상태였다.

나도 인턴을 하며 이런저런 일이 있었다. 너무 긴 통근 시간도 그렇고 직장 생활을 처음 경험하는 거라 적응해야 할 것도 많았다. 사수에게 첨삭받은 원고에 빨간 흔적이 많을 때는 내 능력을 의심했다. 작은 지적 사항이 하나하나 쌓여 눈덩이처럼 불어나 총체적으로 나란 인간에게 실망감이 커질 때였다.

내가 이런 이야기를 할 때 돌아오는 말은 일관적이었다. "그래도 리포트는 안 쓰잖아?" "그래도 돈은 벌잖아?" "그렇구나. 근데 나는…." 이야기는 매번 '근데 말이야, 나는'식의 '우울 배틀'로 이어졌다.

누가 더 수면 시간이 적은지, 누가 더 힘든 일을 헤쳐나가는 중인지, 누가 더 불쌍한지 겨루는 싸움. '나는'으로 시작한 발화는 자꾸 '힘들다'와 '우울하다'로 끝났다. 나의 고통을 이야기해봤자 돌아오는 건 그에 대한 위로라기보다 우울한 반격일 뿐이었고 나는 이에 맞서며 우울 배틀 2차전을 시작했다. 상대의 우울 공격에 반격할 소재를 생각해내기 위해 안달하는 내 모습을 발견하니 더 우울해졌다. 서로 위안받으려고 대화하는 건데 대화할수록 슬퍼진다는 게 아이러니했다.

이래선 안 되겠다며 마음을 고쳐먹었다. 내 이야기는 접어두고 상대의 투정을 인내심 있게 들어줬다. 하지만 돌아오는 건 '너보다 내가 더 불쌍하지?'라는 듯 자기 말만 하는 상대의 매정함과 이 사람은 내 사람이 아니구나 하는 자괴감, 그리고 이런 대화를 하는 시간이 아깝다는 몹쓸 생각이었다. 나는 이미 그들에게 거리감을 느끼고 있었다.

사람은 힘들수록 남의 고민까지 들어줄 형편이 되지 못한다. 심지어 그 고민이 자신이 가진 우울보다 하찮아 보이면 더 말할 것도 없다. 늘 자기 떡보다 남이 가진 떡이 훨씬 커 보이는 법이다.

어째선지 나는 타인과 의사소통하는 방법을 까맣게 잊어버린 것 같았다. 머릿속에는 말해도 될 것과 말하면 상대방이 자신의 상황과 비교해서 '나보단 낫네.'라고 생각하게 될 것이 섞여 있었다. 결국 나오는 말은 진짜 나에 관한 이야기가 아니었다. 곧 나는 최선의 행동이 침묵이라는 걸 깨달았다.

마음이 그렇게 변하자 앞에 앉은 사람이 누구든 그와 나 사이에 알 수 없는 벽이 생겼다. 그 기분이 싫었다. 사람과 사람 사이의 관계를 단절시키는 벽. 이 사람 앞에서는 내 이야기를 해도 되겠다고 결정하는 기준이 현저히 높아졌다. 내 우울은 거기서 출발했고, 비관적이고 염세적인 생각과 밑도 끝도 없이 막말하는 상담자, 나를 우선하지 않는 2년 된 남자 친구와의 이별로 증폭됐다. 그 겨울 내내 집에 박혀 자기혐오를 하기 바빴다.

"네가 뭐 그리 힘들다고 우울해? 배가 불러서 그러지." "돈이 썩어나니 정신병원에 다니지." "그래도 네가 나보다는 훨씬 나아."

힘들었을 때 들었던 말들이다. 이런 말들은 나를 두 번 죽였다. 내 불안과 그에 따른 행동은 사실 아무런 상황도 초래하지 않는데 앞으로 사람과 관계할 수 있을까 하는 걱정이 나를 휘감고 놓아주지 않았다.

난생처음 겪은 우울과 자기혐오라는 마음의 대장정은 내 이야기를 들어주면서도 우울 배틀을 하지 않는 사람들, 나를 사랑해주는 다른 남자 친구의 등장으로 잠깐 끝을 맺었다. 지금 와서 당시의 인간관계를 되돌아보면 나와 자신을 비교하고 저울질하는 사람보다 있는 그대로의 나를 봐주는 사람이 더 많았다. 우울이 무서운 이유 중 하나는 나를 좋아하고 아껴주는 사람을 보는 시야가 좁아진다는 점이다.

2014년 태동한 우울은 없어진 듯하다가 간헐적으로 찾아와 나를 괴롭힌다. 사라진 줄 알고 방심하면 고개를 쳐든다. 요즘도 내 깊은 감정을 남에게 잘 말하지 못한다. 어른이 되면서 더욱더. 그래서 주변 사람들은 내가 늘 잘 사는 줄 안다.

가끔 친구들은 "힘든 일이 있으면 나한테 말해. 내가 다 들어줄게." "나한테는 얼마든지 의지해도 좋아."라고 말한다. 진심으로 고맙고, 그들의 존재 자체로 의지가 된다. 그래도 입을 잘 열진 않는다. 그런 일이 있으면 그냥 글을 쓴다. 글은 말이 없지만 나를 책망하지도 않는다. 글을 통해 그저 조용히 사태를 정리하고 자아 성찰을 하며 나아가는 것이 편하다.

개인적인 이야기를 많이 하지 않는 성향 때문에 멀어진 친구도 있다. 그럴 때마다 또 내 잘못 같아서 속세와의 연을 끊고 혼자만의 동굴로 몸을 숨긴다. 언제부턴가 이런 내 모습에 그냥 체념하게 됐다. 멀어지는 사람 한 명 한 명을 다 붙잡을 순 없다는 걸 깨달았다.

영화 〈츠레가 우울증에 걸려서〉에서 아내 하루코는 우울증에 걸린 남편을 두고 말한다.

"츠레는 앞으로도 이 우주 감기와 계속 알고 지낼지 모른다. 하지만 어떤 밤도 새벽이 없는 밤은 없다. 비록 흐릴지라도 새벽하늘이 밤보다는 훨씬 밝은 법이다."

밤이 가면 낮이 오고 낮이 가면 밤이 오듯 사람의 마음도 유동적이다. 행복이 지나고 부정적인 감정이 찾아오면 그 변화의 순간을 받아들이고 담담히 주변을 둘러봤다. 캄캄한 어둠 속에도 반짝이는 별이 있고 그러다 잠에서 깨면 또 새벽은 찾아왔다.

진짜 문제는 이 기복이 반복될수록 별을 찾기 어려워지면서 시작됐다. 머리로는 유유히 흘리는 법을 알아도 쉽지 않았다. 시간이 흐르고 나이가 들수록 점점 더 고약한 웅덩이에 빨려 들어갔다. 내가 가진 가치관과 세상의 '보편'이 자꾸만 충돌하는 걸 느꼈기에.

그제야 깨달았다. 지금까지의 갈등은 시작이었을 뿐이구나. 이 성격으론 꽤나 살아남는 게 쉽지 않겠다. 우울이 각성하는 계기는 사소하다. 하지만 그 뿌리가 어디까지 내릴지는 모른다.

이 세상
대부분의

혼자는
아무렇다

; 스물넷이 된 날엔 혼자였다. 4학년 1학기, 애인은 없었고 수업은 2교시부터 8교시까지 꽉 차 있었다. 수업이 끝나면 신촌으로 가서 드라마 작가 수업을 들어야 했고 모든 일과를 마치면 막차 한 시간 전이었기 때문에 아무 약속도 잡지 못했다. 만원 지하철과 꽉 찬 엘리베이터 안으로 밀려 들어가고, 4학년씩이나 되어서도 목소리를 떨며 발표 시간을 오버하고, 수업 시간에 제멋대로 지각하고, 다시 만원 지하철을 타고. 특별히 다를 것 없는 일상이었다.

그날은 온종일 낯선 피해의식에 사로잡혔다. 환영받아야 할

날에 왠지 어디서도 환영받지 못하는 것 같단 피해의식. 생일이라는 게 뭐길래, 혼자 잘 다니면서도 그날따라 억울했다. 저마다의 부담과 우울을 짊어지고 캠퍼스를 바쁘게 걸어가는 학생들의 모습을 보며 밀물처럼 밀려드는 서글픔을 참아냈다. 스스로가 아이 같아서, 이제는 어른이 되어야지, 생각했다. 하지만 이제 어른이 되어야만 한다는 이유로 그 생소한 절망감을 어디에도 토로하지 못하고 묵묵히 참아야 한다는 게 싫었다.

태어나 1년, 2년, 그렇게 스물네 해씩이나 살아왔다는 건 결과적으로 쓸쓸한 일일 뿐이었다.

"응, 내가 바로 달려갈게."

전철을 타고 가는데 어디선가 통화하는 소리가 들려왔다. 나에게도 누군가가 "응, 내가 바로 달려갈게."라고 말해주면 좋겠다. 생일이니까 당연히 그런 기분이 들 수 있어. 내가 갈게.

외로움은 이런 것이라고 생각했다. 누군가 나에게 당장이라도 달려왔으면 좋겠다고 생각하는 것. 오라는 말 대신 간다는 말을 듣고 싶은 것. 챙기란 말 대신 챙겨주겠단 말을 듣고 싶은 것. 가끔은 당신의 시간이 아니라 내 시간을 먼저 배려받고 싶은 것. 당신의 필요로 오는 연락이 아니라 나의 필요에 맞는 연락을 받고 싶은 것.

하필이면 낙엽이 무르익은 쓸쓸한 한가을. 오늘도 빈틈투성이였던 하루를 보낸 나에게, 어제나 오늘이나 특별할 것 없이 똑같은 플레이리스트에 아쉬워하고 지루해하고 서글퍼한 나에게, 억지로라도 훌쩍 떠나버릴까 고민하다 결국은 사람들이 있는 곳으로 발 돌린 나에게, 조금은 어른이 되었구나 하며 홀로 뿌듯해한 나에게 결국 오고야 마는 것은 없었다. 그러니 "응, 내가 바로 달려갈게." 옆에 선 양복 입은 아저씨가 전화기에 대고 하는 소리에 괜히 심통이 났다.

생소한 그 감정을 어떻게 처리해야 할지 알 수 없었다. 묵묵히 선 채로 집으로 향하는데 나는 누군가에게 기꺼이 달려간 적이 있었던가 질문했다. 내가 그쪽으로 가겠다고 한 때가 있었던가. 아득하게만 느껴졌다. 내가 누군가에게 달려갔던 건 그 사람만을 위해서였을까, 그저 내가 혼자이기 싫어서였을까?

나는 혼자가 좋다. 혼자 영화를 보고 혼자 책을 읽고 혼자 돌아다니는 게 좋다. 하지만 진정 끝까지 혼자를 즐기는 사람은 없다. 혼자가 아무렇지 않게 계속 혼자일 수 있는 건 일종의 재능이다. 이 세상 대부분의 혼자는 아무렇다. 그리고 아무렇지 않은 척을 잘하는 혼자만이 어른이 된다. "내가 바로 달려갈게."라는 말에 동요하지 않는 혼자만이, 어른이 될 수 있다.

외향인 vs 내향인,

내향인의 정의

; 나는 내향인이다. MBTI(마이어스 브릭스 유형 지표. 인간의 성격을 네 가지 척도로 구분해 총 열여섯 가지 유형으로 나눈다. 국제적으로 공인된 바는 없으나 이해하고 응용하기 쉬워 널리 사용된다) 검사를 하면 늘 내향성이 90% 내외로 나오는 극내향인이다.

최근에 내향인으로서 겪은 갈등이 많았다. 대부분의 내향인이 그러하듯 오롯이 혼자만의 시간을 보내며 누워 있고만 싶은데 그러지 못하는 상황이 문제였다. 학교, 아르바이트, 갑작스러운 약속 등, 혼자만의 시간을 가지는 건 의외로 어려운 일이었다.

내가 내향인이라는 걸 알기 전에는 이런 고민을 하지 않았던 것 같다. 외향인이 뭔지 내향인이 뭔지 관심도 없었고 나라면 확실히 외향 쪽이지 않을까 했다. 집에 누워 있는 걸 제일 좋아하지만 밖에 다니며 친구와 맛있는 걸 먹고 이야기를 나누고 사진을 찍는 것도 좋아하니까. 음악을 좋아해서 공연도 다니고 여름이면 록 페스티벌에도 갔다. 클럽도 몇 번 가봤다. 예전에는 내향인이라면 무조건 소심하고 우유부단한 이미지만 떠올리는 편견도 있어서, 내향성이 높게 나온 게 왠지 걱정되기도 했다.

내향인에게 주어지는 전형적인 이미지가 있지만 그건 사실과 다를 때가 많다. 대체로 차분함이나 활동성의 정도로 판단하나 사실 외향과 내향을 구분하는 기준은 본질적으로 에너지를 얻는 방향에 기반한다. 외향인은 타인으로부터 에너지를 얻는다. 반면 내향인은 혼자만의 시간을 보내며 에너지를 얻는다.

내가 내향인이라는 것을 실감할 때는 누군가가 집에서 쉬고 있는 나를 부를 때다. 편한 옷을 입고 침대에 누워 드라마를 보고 있는데 친구에게서 "야, 나와." 하며 전화가 올 때. 관심 없는 보험 전화도 제때 못 끊어서 30분 동안 붙들릴 정도로 거절을 못 하는 성격이라 예전에는 마지못해 다시 옷을 입고 나갔는데 사실 그건 진짜 내 모습이 아니었다.

진짜 나로 충실히 살고자 하는 요즘은 이렇게 나오라는 제안을 단호하게 거절한다. 이제 쉬는 날이나 귀가한 시간에 술자리로 불러내는 연락에 귀찮아하며 "놉!"을 외칠 수 있는 사람이 되었다. 원하는 대로 되지 않으면 조금 신경질적으로 반응하고, 계획하지 않은 일정이 생겨 내 시간을 빼앗기면 몹시 힘들어하는 성향도 그 거절에 한몫한다. 나는 그런 거절에 반발하고 의아해하는 사람에게 유감을 느낀다.

생각해보면 억울한 것 같기도 하다. 외향인과 내향인이 만나면 외향인은 에너지를 받지만 내향인은 에너지를 잃는다. 배터리가 다 닳은 전자기기처럼 방전된 내향인은 집에서 충전할 시간을 가져야 하는 반면, 외향인은 에너지를 받고 귀가한다. 언뜻 불공평하게 보이는 그림이다.

이 문제에 관해 많이 생각했다. 사람들이 나를 찾는 건 나와의 관계로 즐거움을 느끼기 때문이다. 나와의 관계가 손해라고 생각하면 나를 찾을 이유가 없다. 하지만 난 그들과의 잦은 만남이 불필요해서 손해라 생각하고, 그렇게 본다면 불공평한 상황이 맞다.

그렇기 때문에 내 입장을 굳이 굽히고 양보할 필요는 없다. 내가 타인과의 만남을 종종 사양하는 건 '그들을 만나는 시간을 나만의 시간으로 쓴다.'는 이득을 취하기 위해서가 아니라 '나만의 시간이 그들과 만나는 시간으로 소모된다.'는 손해를 덜 보기 위해서다.

하지만 외향인이 싫은 건 아니다. 가끔은 나에게 부족한 성향을 가진 그들이 신기하고 부럽다. 학창 시절에는 활발하고 인기 많은 친구가 너무 부러워서 나도 그렇게 되려고 애쓴 적이 있다. 세상에 나 같은 내향인만 있으면 사회는 결코 돌아가지 않을 것이다. 나도 나가서 사람들하고 어울리며 놀고 싶고 사회생활을 하고 싶다. 다만 남들보다 그러고 싶은 빈도가 조금 낮을 뿐.

EBS 다큐프라임 〈당신의 성격〉은 3부에 걸쳐 인간의 성격에 관한 전반적인 탐구를 담은 다큐멘터리다. 주의력결핍장애 아동의 이야기부터 일란성 쌍둥이의 성격 차이까지 다양한 소재와 실험을 다룬다. 그중에서도 특히 외향인과 내향인을 소개하는 부분이 인상 깊었다.

《현명한 리더는 작은 소리로 말한다》의 저자 제니퍼 칸와일러는 이 다큐멘터리에서 버락 오바마, 빌 게이츠, 워런 버핏을 예로 들며 조직의 지도자나 임원 중에는 내향적인 사람이 많다고 말한다. 국내 CEO 200명을 대상으로 한 설문 조사에서는 자신을 내향적이라고 표현한 사람이 외향적이라고 표현한 사람보다 두 배 가까이 많았다. 흔히 사람들은 외향인과 내향인 중 대인 관계와 커뮤니케이션 능력이 더 좋은 사람은 외향인일 거라 생각하지만, 정작 그런 능력이 가장 요구되는 지도자 중에도 내향인이 많다.

하버드 의과대학 정신과 칼 슈왈츠 교수는 이 다큐멘터리에서 또 다른 시사점을 던진다. 그는 내향적인 아이들이 성장하면 어떻게 성격이 변할까 궁금했다고 전했다. 실험 결과 유아기 때의 성향 차이가 청소년이 되어서도 뇌의 구조와 기능, 행동 등에 그대로 보존된 것으로 보였다고 한다. 그는 "금속으로 아름다운 조각상을 만들 수는 있지만 유화를 그릴 수는 없어요. 자신이 지닌 가능성과 차이점으로 스스로를 만들어갈 수는 있지만 지니지 않은 요소로 새로운 걸 만들 순 없는 거죠."라고 강조한다.

다큐멘터리의 궁극적인 주제에 따르면, 성격은 타고나는 것이며 누군가의 성격을 바꾸려 하기보다 수용함으로써 그 성격의 강점을 더 잘 발현할 수 있다. 부모 혹은 지도자가 행하는 나쁜 습관 중 하나가 자식이나 구성원의 타고난 성격을 바꾸려 한다는 점이다. 내성적인 사람을 향한 편견이 사회적으로 만연해 있기도 하다. 사회생활을 위해 자기 본연의 모습을 애써 억누를수록 그 고유한 성격으로 이뤄낼 성취 혹은 자아실현과 멀어진다.

오직 유화만이 멋져 보여 타고난 조각가의 자질을 깨닫지 못하면 결국 조각가도 화가도 될 수 없을지 모른다. 그러므로 내가 잘할 수 있는 일, 자신 있는 일을 고르기에 앞서 나의 성향과 가치관을 끊임없이 성찰하는 과정이 중요하다.

사회는 좋은 성격과 나쁜 성격을 규정하고 사람들이 좋은 성격을 갖도록 유도한다. 외향인과 내향인을 편 가르며 점수 매기듯 판단한다. 하지만 성격에는 좋고 나쁨이 없다. 좋고 나쁜 건 도덕성이나 됨됨이다. 모든 성격은 제각각의 가치와 가능성을 지닌다. 개개인의 개성과 입장을 존중하고 이해하는 것이 모두가 소외되지 않는 올바른 사회를 만드는 첫걸음이 아닐까.

아직 충분히

울지 않았잖아요

; 초등학생 때 담임한테 따귀를 맞은 적이 있다. 3학년 때였는데, 숙제 발표를 머뭇거렸다는 이유에서였다.

담임은 무작위로 반 아이를 골라 숙제 발표를 시키고는 했는데, 그날은 내가 걸렸다. 나는 숙제를 했지만 내 숙제가 만족스럽지 않았고 너무 못한 것 같아 발표를 망설였다. "숙제 안 했니?" 담임이 물었고 나는 고개를 숙인 채 어물거렸다. 담임이 다가와 내가 한 숙제를 확인했다. 그녀는 날 앞으로 불러내 왜 숙제를 해왔으면서 발표를 안 하냐고 소리친 뒤 내 빰을 여러 차례 때렸다. "대답을 해, 대답을!" 나는 고개를 푹 수그리고 "발표를 하는 게 무서워서요."라고 웅얼대며 얼어붙었다. 아이들이 수군거렸다.

집에 와서 엄마에게 이 이야기를 하려고 했다. 그런데 입이 안 떨어졌다. 선생님이 내 얼굴을 때렸어. 이 말만 하면 되는데 목구멍이 턱 막혀 냉장고 채소 칸을 정리하는 엄마 옆에 서서 방해만 했다. 아마 "뭘 잘못했길래 맞았어!" 같은 반응이 무서웠던 것 같다. 그래서 빌라 옥상에 올라가 혼자 울었다. 그때 키우던 토끼가 있었는데 그 애를 안고 우느라 눈물로 털이 흠뻑 젖을 정도였다.

다음 날 억지로 학교에 갔다. 담임은 아무 일도 없었던 것처럼 굴었다. 그 따귀가 내 소심함을 용기로 바꿔줄 거라고 생각했다면 그건 그 사람의 착각이다.

사람은 살아가면서 여러 사건과 갈등을 겪는다. 잘못한 게 없는데도 억울한 일을 당하고, 오해받아 울고, 상처를 주고받으면서 산다. 엄마의 이혼, 친아빠의 죽음, 친한 친구나 가족과의 다툼, 남자 친구와의 이별 등. 나 또한 담임한테 뺨을 맞는 게 차라리 낫겠다 싶은 여러 경험을 겪어왔다.

이런 경험은 내가 마음속에 가진 상처의 일부다. 나름대로 극복했지만 아직 기억 속에 선명히 남아 있는 경험들. 사람은 이렇게 자기만의 상처를 가진 채 살아간다.

상처가 아물어 흉터가 되면 이야기할 때 그다지 감정의 동요가 없지만, 아직 아물지 않은 상처의 경우는 다르다. 흉터가 되지 못한 상처는 건드리면 아프다. 아무렇지 않다가도 어떤 상황에서 욱하며 감정이 북받쳐 오르거나 화가 나거나 혹은 눈물이 고일 때, 그건 아물지 않은 상처가 우리에게 보내는 메시지다. 그때 우린 자신의 마음을 되돌아볼 필요가 있다. 내 안에 감추어진 상처가 무엇인지 깨닫고 그것을 인정하고 돌봐줘야 한다.

대학교에서 심리학 교양 수업을 들었다. 강의명은 '감정과 삶'이었고 임상 심리를 전공하신 교수님이 강의를 진행했다. 첫 시간에 교수님은 행복, 슬픔, 화 등 우리가 가진 감정의 기능과 의의를 이해하는 것이 강의의 목적이라고 했다. '감정은 통제해야만 하는 것인가?'라는 게 강의 전체를 꿰뚫는 질문이었다. 그 질문에 교수님은 매번 아니라고 말했다.

사람들은 흔히 슬픔과 우울은 나약한 감정이고 눈물은 얼른 닦아야 하는 것이라고 생각하는 것 같다. 멀리 갈 것도 없이 어른들이 사내아이에게 하는 말만 들어봐도 알 수 있다. "남자는 살면서 딱 세 번 우는 거야." "남자는 강해야 해." "남자가 찌찌하게." 같은 말들. 나는 이런 말이 너무나 폭력적으로 느껴진다. 이와 같은 선입견 때문에 자신의 눈물과 상처를 숨기고 억누르는 사람이 얼마나 많을까?

슬픔은 때로 혼자서는 극복하기 힘들다. 그래서 사람들은 익명 게시판에 고민을 올리거나 자신의 처지와 비슷한 이야기를 다룬 음악이나 영화를 찾는다. 만약 슬픔을 타인과 공유했을 때 공감받지 못하면 화가 나는 등 다른 감정이 생긴다. "뭐 그런 걸로 울어?" "그런 건 힘든 일도 아니야." 이런 식의 반응을 보자고 사람은 슬픔을 표현하는 게 아니다.

내 감정이 타인과 제대로 공유되지 않으면 화살은 자신에게로 돌아간다. 내가 문제야. 이런 감정을 느끼는 내가 잘못된 거야. 눈물을 흘리는 스스로가 미워지고, 그 모습을 타인에게 보이는 걸 불편해한다. 어떨 땐 억지로 웃거나 자기보다 더 불행한 타인과 자신의 상황을 비교하며 고통을 행복으로 위장한다.

영화 〈인사이드 아웃〉의 각본은 이런 심리학 이론을 바탕으로 쓰였다고 한다. 영화에는 주인공 라일리의 마음속에서 슬픔을 담당하는 울보 겁쟁이 '슬픔이'가 나온다. 슬픔이가 하는 거라곤 뒤로 빼고 걱정하는 일뿐이다. 하지만 이 영화의 진짜 주인공은 슬픔이다. 감정의 주인공 라일리가 이사를 간 뒤 부모님에게 화를 낸 이유는 향수병 때문이었는데, 슬픔이가 나서지 않으니 그 원인이 표출되지 않고 억압됐다. 라일리의 기쁜 감정을 담당하는 '기쁨이'가 그 사실을 알아채고 슬픔이에게 문제를 맡기니 화의 이면에 있던 본질적인 슬픔이 표현된다. 라일리가 울음을 터뜨리고 슬퍼하자 부모님은 라일리의 이야기를 듣고 그녀의 태도를 이해한다. 영화는 우리가 우리의 마음을 성찰하고 제대로 우는 법을 배워야 함을 말한다.

슬픔의 표현은 사람들이 위로를 하도록 끌어당기는 힘이 있다. 그리고 슬퍼본 사람이어야 타인의 슬픔을 쉽게 공감하고 알아차릴 것이다. 슬픔은 내가 약하다는 것을 의미하는 게 아니라 나에게 무언가가 결핍되었다는 걸 증명할 뿐이다. 슬픔의 메시지를 들어야 내 삶에 어떤 가치와 욕구가 빠졌기에 내가 불행한 건지 깨닫고 문제 해결의 방향을 잡을 수 있다.

또 영화는 타인의 슬픔을 무시하지 말라고 말한다. 만약 라일리의 부모님이 "뭐 그런 걸로 울어?"라고 말하며 라일리가 기껏 표출한 슬픔을 무시했다면? 슬픔이는 "역시 내가 나서면 안 돼."라며 다시 뒤로 숨어버리고 그 자리를 다른 감정이 대신할 것이다. 감정을 자주 외면당한 사람은 마음을 표현하는 것뿐만 아니라 타인과 관계하는 데 있어서도 어려움을 겪을지 모른다.

감정과 삶 수업을 듣기 전에 시 창작 수업을 들은 적이 있다. 교수님은 시인이었다. 그는 세월호 사건 이후 '한번 울음이 터지면 멈추지 못하는 병'에 걸렸다고 했다. 어느 날 수업 중 세월호 이야기가 나왔다. 교수님이 세월호 희생자 중 한 학생에게 줄 추모시를 지었다는 이야기였다. 그 시를 짓고 학생 부모님 앞에서 낭송회를 했다고 말하는 중, 갑자기 교수님이 울기 시작했다. 나는 울음을 멈추지 못하는 병이 어떤 건지 그때 알았다. 결국 그날 수업은 취소됐다.

그때는 감정 표현의 중요성을 몰랐던 때여서 교수님의 모습이 낯설었다. 하지만 이제는 안다. 눈물을 멈추지 못할 만큼 교수님 마음에 슬픔이 많았다는 걸. 눈물이 계속 나는 이유는 충분히 울지 않았기 때문이다.

시인의 가장 중요한 자질 중 하나가 감정을 꺼내 표현하는 것이 아니겠는가. 또한 문학인의 상상력은 타인의 고통에 공감하는 능력과 같다고 배웠다. 타인이 가진 긍정의 감정을 넘어 고통까지 느끼는 그 상상력은 정말 멋진 능력이다. 그래서 감히 그 눈물을 우습게 여길 수 없었다. 울고, 울고, 충분히 다 울고 나면 '울음을 멈추지 못하는 병'은 언젠가 치유될 것이다.

"슬픔과 두려움 등 우리가 부정적이라고 생각하는 감정이 왜 아직도 인간에게 남아 있는가? 불필요하다면 꼬리처럼 진화 과정에서 없어져야 맞는 것"이라고 심리학 교수님은 말했다. 어떤 감정이든 없어도 되는 감정은 없다. 모든 감정은 인간이 살아가는 데 꼭 필요하고 우리는 감정을 표출함으로써 타인과 소통한다.

나는 마음의 상처를 아물게 하는 첫 단계가 자신의 감정을 존중하는 것, 그리고 숨김없이 표현하는 것이라고 생각한다. 울고 싶을 땐 솔직하게 마음껏 울어야 한다. 생각보다 인간은 나약한 존재다. 누구에게든 포옹과 위로가 필요하다. 감정 또한 나의 일부이므로, 거부하는 순간 자아에 균열이 생겨버린다. 슬픔과 두려움을 부정하지 않고 받아들여 보살필 때 우리는 상처를 극복하고 다시 앞으로 나아갈 수 있다.

이해받지
못하는 게

죄는

아니지만

돈을 많이
벌고 싶지 않다는 게

이상해?

; 미래를 결정할 진로를 생각해야 하는 나이가 되었다. 이력서를 쓰며 이런저런 생각이 들었다. 적성과 안정성과 추구하는 가치가 서로 충돌해 머리가 복잡했다.

사람들은 내게 머리가 좋다고 말했다. 그러니 다른 곳을 거치지 말고 오래 일할 안정적인 직장에 도전하라고 했다. 하지만 나는 그들이 나에게 머리가 좋다고 말하기 전에 내가 얼마나 맹목적으로 공부했는지를 알았으면 좋겠다. 그리고 남들 기준에 맞춰 사는 걸 얼마나 싫어하는지도.

열네 살 때 처음으로 공부하느라 밤을 새웠다. 공부가 너무 싫어서 종종 머리를 쥐어뜯거나 소리 내 오열했다. 언젠가는 너무 화가 나서 문제집을 구기고 찢고 벽에 던졌다. 한참 씩씩거리다 눈물을 뚝뚝 흘리며 다시 주워서 공부했는데, 내가 생각해도 정상이 아니었다. 분노 조절이 안 되는 불안정한 인성을 가지게 되는 것마저 내 탓으로 돌아온다는 걸 깨달은 뒤엔 문제집을 망가뜨리지 않았다. 지금 생각하면 그저 섬뜩하다.

고등학생이 되어서도 공부했다. 인생에 관한 주관을 갖거나 자아를 성찰해 꿈을 찾고자 하는 능동적인 의지는 없었다. 따라서 달리 다른 곳에 노력할 생각을 하지 못했다. 다른 것에 노력한들 인정받지 못할 것도 알았다. 그냥 시키니까, 남들보다 잘하고 싶으니까, 칭찬받으면 기분이 좋고 자신감이 생기니까 열심히 노력했다. 그 결과 예상보다 좋은 성적을 냈고 선망하던 대학에 들어갔다. 그런데 내 아이큐는 평범하다.

하고 싶은 걸 하도 참아서 어느새 참는 게 당연해졌다 해도 욕망이란 게 있긴 했다. 영화를 그렇게 좋아했지만 고등학교 3년 내내 기숙사 생활을 하느라 영화관에 가본 적이 별로 없었다. 수능을 보기 두 달 전인가, 짐 캐리가 주연으로 나온 영화가 개봉했고, 마침 9월 모의고사가 끝난 때였다. 오늘은 괜찮지 않을까 싶었다. 영화관에 가고 싶다고 말해서 아빠가 데려갔는데 그 후 시험 칠 생각은 있는 거냐고 엄마에게 혼이 났다. 당연한 반응이었지만 어찌나 서럽던지. 지금 열아홉 때 다이어리를 펼쳐 보면 어떻게 이리 통제하고 살았는지 신기할 정도다. 수능 100일 전에 같은 반 친구가 밖에서 놀자고 독서실로 데리러 왔는데 쓰게 웃으며 사양했던 것까지 적혀 있었다. 뭐가 그리 절박했을까. 그때의 날 안아줄 순 없으니 다이어리라도 꼭 안았다.

청소년기를 그렇게 보냈기에 스무 살 이후 공부가 아닌 무언가에 노력을 한다는 게 쉽지 않았다. 돌이켜 보면 공부 외 무언가를 진득이 하며 성과를 내본 기억이 없었다. 인생에 쓸 노력을 학창 시절에 다 써버린 느낌. 그때 한 게 공부뿐이어서 어른이 되어서도 공부밖에 할 줄 아는 게 없는 사람이 된 것 같았다.

어느 순간 이런 생각이 들었다. 나는 왜 싫은 걸 하며 살아야 할까? 누군가 나에게 영어를 공부하고 대외 활동을 하라고 할 때, 처음엔 다 그렇게 해야 하는 거구나 싶었다. 어학 연수나 해외 여행처럼 할 형편이 안 되는 것들을 해야 한다는 소리를 들으면 박탈감이 느껴졌다. 그러다 문득 '내가 왜 그런 걸 해야 해?' 하는 생각이 들었다. 사실 나에게는 그런 의무적인 것보다 재미있는 게 너무 많았다. 영화, 책, 음악, 그림, 어린 시절부터 다이어리에 쓰인 꽤나 구체적인 나의 취향들.

"어떻게 사람이 하고 싶은 것만 하며 사니." 이 말이 너무 잔인했다. 남들이 다 한다는 이유로 하기 싫은 일을 맹목적으로 따라 하면서 10대를 다 보냈는데 어찌 이 이상 하기 싫은 일을 하라 말할 수 있는가. 언제까지 나 자신을 고문하라고 그렇게 말하는가. 하다못해 감옥에 들어가도 출소란 것을 하는데….

그런 생각을 한 이후로는 도저히 하기 싫은 걸 할 수가 없었다. 어차피 내가 빚내서 내 돈 내고 다니는 대학, 내 마음에 드는 수업, 나에게 의미가 있는 수업만 찾아 듣고 공부했다. 그러자 학문의 의미가 잘 느껴져서 재미있었다. 어느 학기에는 4.5점을 받기도 했다. 나는 내가 좋아하는 것에는 진심이 될 수 있다는 걸 깨달았다.

필수라는 토익, 한국사, 컴퓨터 자격증 공부 같은 건 일주일도 못 하고 그만뒀다. 웬 괴상한 입체 도형의 전개도를 고르라는 건 둘째 치더라도 인성 검사라며 '한 달에 한두 번 설사를 한다.' '걱정이 많은 편이다.' '보수적인 사람을 이해하기 어렵다.' '우리 가족은 항상 화목하다.' 같은 질문으로 사람의 성향에 점수를 매기는 우리나라 대기업의 채용 방식에 진정 소름

이 끼쳤다. 어떻게 이런 시스템으로 사람을 거르고 뽑을 생각을 하지? 심지어 이런 검사마저 정답이 존재하고 인터넷 강의가 있다니.

나는 성인이다. 내가 원하는 일을 고를 자격이 있다. 남들 기준에 무조건 맞추지 않을 자격도. 사람들이 나에게 끊임없이 권하는 직장이 다른 직장보다 비교적 안정적이고 보수가 좋은 건 안다. 하지만 내가 살아오며 만난 어른 중 누구도 나에게 이렇게 물어보지 않았다. "너는 어떤 사람이 되고 싶니? 무슨 일을 할 때 보람을 느껴? 어떤 직업을 갖고 싶어?" 안정성이나 보수 등에 관한 조언은 이 질문 다음에 이어져도 된다.

이런 내 주장은 보편에 잘 받아들여지지 않는다. 나는 직장이 아니라 직업을 갖고 싶었다. 가끔 사람들은 세상에 존재하는 무수히 많은 직업을 일부러 모른 척하는 것 같다. 누구보다 나에 관해 고민하는 사람은 나다. 누구보다 내가 살아가야 할 사회를 고민하는 사람도 나다. 그런 나에게 사람들은 "네가 아직 세상을 잘 몰라서 그래."라고 말했다. 그러는 그들은 나를 얼마나 잘 아는가?

요즘 친구들을 만나면 자주 묻는 질문이 있다. "돈을 많이 벌고 싶지 않다는 게 이상해? 딱히 대단한 사람이 되고 싶지 않다고 느끼는 게 이상해? 정장 입고 일하고 싶지 않다는 게 이상해?" 나는 그저 쓰고 싶은 글을 쓰고 보고 싶은 드라마를 보고 입고 싶은 옷을 입으며 마음 편히 살고 싶다. 언젠가 바다가 보이는 마을에서 파도 소리를 들으며 그림을 그리거나 한가롭게 거닐면서 살고 싶기도 하다. 굳이 큰 회사에 들어가서 보람이 느껴지지 않는 일에 스트레스받으며 매달리고 싶지 않다.

그래서 간절하지 않은 곳에 들어가려고 재미없는 공부를 하며 스펙을 쌓고 의미 없는 자기소개서를 쓰는 건 싫다. 그냥 적당히 괜찮고 적성에 맞는 일을 하며 재밌고 의미 있고 소소하게 살고 싶다. 사주에도 그렇게 나온다. 큰일을 할 사주가 아니란다. 이제는 잘된 사람과 나를 비교해도 자괴감이 전혀 느껴지지 않는다. 자괴감이라기보다는 나와 비슷한 주변인이 얼마 없는 것 같아서, 내가 비주류인 것 같아서 외로움이 느껴진다.

어느 작곡가 친구는 "한때 음악으로 성공해서 내가 틀렸다고 말한 사람들에게 틀리지 않았다는 걸 보여주고 싶었다."고 했다. 나는 그를 이해했지만 한편으론 안쓰러웠다. 우리는 왜 누군가에게 인정받기 위해, 이해받기 위해 노력해야 할까?

잡지 교육원에서 이 교수님이 말했다. "어차피 지금 경제 성장률로 돈을 많이 버는 건 무리다. 대부분의 월급쟁이가 내 집 마련이 가능할 정도로 돈을 벌 수 있는 건 아버지 세대로 끝이다. 개천에서 용 나기는 실현되기 어려워졌다. 하지만 기성세대는 현대사회의 경제성장률을 쉽게 간과하고 변해가는 욕망 구조와 라이프스타일을 이해하지 못한다. 평생을 그렇게 살아온 사람들이기 때문이다. 그들을 이해시키려고 화를 내면 그건 그것대로 폭력이다."

그는 이어 말했다. "어차피 어떤 일을 하든 다 능숙해지기 마련이다. 아무리 그 일에 재능이 없어도 하다 보면 는다. 중요한 건 성향이다. 내가 그 일에 맞는 성향을 가졌느냐다. 성향에 맞지 않으면 그 일은 오래할 수 없다." 나는 이 말에 전적으로 동의했다.

고등학생 때는 대학교에 합격하기만 하면 인생이 행복할 줄 알았다. 막상 대학생이 되니 어디든 나와 맞는 곳에 취직만 되면 바랄 게 없다고 생각했다. 졸업하자마자 몇 번의 구직 활동 후 채용된 첫 직장은 힘들었다.

나는 수습 기자였다. 업무 환경은 나쁘지 않았는데 일이 맞지 않았다. 그 시기, 가장 우울했던 것 같다. 정말 이러다 내 정신이 어떻게 되어버릴지도 모르겠다는 막막함. 일을 하며 이런저런 사건도 터지고, 성향에 안 맞는 걸 계속하는 바람에 자아 정체성에 상처가 났고 결국 퇴사했다. 패배자가 된 기분이었다.

상담 대학원에 가고 싶었지만 당장 입에 풀칠하기 바빴다. 나는 모든 생활을 스스로 헤쳐나가야 했다. 그게 서러워서 잠시 또 동굴 속에 들어갔다 나왔다. 풀타임 일을 하면서는 취업도, 고시도, 대학원도 다 제대로 할 수 없을 것 같았다.

분명 나는 내가 하고 싶은 일을 하고 싶었다. 그런데 그 당시 나에게는 무언가를 '하고 싶다'고 생각하는 것 자체가 사치 같았다. 좋아하는 일이라고 다 할 수 있는 게 아니었다. 어떤 일은 시작하기 전부터 많은 조건이 필요했다. 애초부터 돈도 없고 백도 없는 나에게는 '선택지'라는 게 남들보다 적었던 것이다. 어쩌면 내가 글쓰기를 좋아하게 된 이유는, 스스로 노력하는 것 말고는 딱히 큰돈 들 일이 없어서가 아닐까.

가고 싶은 회사에 자꾸 떨어져서 일단 날 뽑아준 회사에 들어갔다. 당장 다음 달 월세를 내야 했기 때문에 어쩔 수 없었다. 대학 교재를 만드는 출판사에서 전공을 살려 교정 교열을

하게 되었는데, 한시름 놓았다고 생각하자마자 생각지도 못한 문제가 생겼다. 그곳은 최저임금도 안 줄뿐더러 근로계약서, 퇴직금, 초과근무수당 등 고용자의 입장에서 지켜야 할 기본적인 법마저 지키지 않았다. 사장에게 이야기하니 그는 자기가 노무사도 아니고 노동법 운운할 거면 딴 사람을 뽑을 테니 나가라며, 나를 앞에 세워두고 다른 사람 이력서를 훑었다. 업계 관행이란 법까지 씹어 먹을 만큼 무시무시했다. 이래서 다들 대기업에 들어가려고 '한 달에 한두 번 설사를 한다.'에 '아니요.'를 찍으며 더럽고 치사해도 인적성 검사를 준비하는구나 싶었다.

하필 교재 출판사의 성수기였다. 야근을 했다. 토요일에도 출근했다. 일요일에도 출근했다. 건강이 악화됐다. 그 와중에 기적이 일어났다. 이상하게 일이 재밌고 적성에 맞았던 것이다. 뭐지? 왜 재미있지? 미쳤나 봐. 보람도 느껴졌다. 교정 교열이 꼭 빨간 펜으로 하는 예술 같았다. 거기다 첫 직장에 다닐 때는 전혀 느낄 수 없었던 편안함. 나는 '내가 이렇게 열심히 일하는데 어떻게 돈을 이것밖에 안 주는 거야?'보다는 '재밌는 일을 하는데 돈까지 주네.'라고 생각하며 정신 승리를 이어가다 같은 일을 하지만 노동법을 잘 지키는 더 좋은 회사로 옮겼다. 꽤나 특수한 직군이지만 전문성이 생기고 경력이 쌓이니 대기업에서도 일해볼 기회가 생겼다. 지금은 또 내가 좋아하게 된 일을 하기 위해 모험을 하고 있다.

뜨내기처럼 서울을 떠돌았지만, 그렇게 살다 보니 세상을 보는 시야가 어느새 꽤나 넓어졌다. 인생은 끔찍한 것에서 나쁜 것, 나쁜 것에서 그나마 덜 나쁜 것, 그나마 덜 나쁜 것에서 좋은 것을 선택하며 점점 나아지는 것 같다. 비록 돈도 없고 백도 없어서 시간 낭비를 좀, 아니 많이 했지만 시행착오를 겪으며 끊임없이 나와 맞는 곳을 찾아 한 단계씩 발전하다 보니 성취감과 뿌듯함이 느껴졌다. 그리고 그건 삶의 원동력이 되었다.

혹자는 "솔직히 님이 글을 잘 쓰는 것 같지는 않아요. 결혼 안 해요? 애 안 낳아요? 현실적인 충고를 해드리는 거예요. 게다가 겨우 그 정도 월급을 받을 거면 뭐 하러 그렇게 열심히 공부했는데요?"라며 내 선택을 말렸다. 너무 노골적이고 생생해서 여전히 토씨 하나 틀리지 않고 기억하는 말이다. 이해가 안 가는 건 아니지만 이런 사고방식을 가질 수밖에 없는 한국 사회의 분위기가 안타깝다. 학문을 마음의 양식이 아니라 물질의 수단으로 삼는 사람들, 꿈이 없는 사람들, 현실에 매몰돼

버린 사람들, 행복해 보이지 않는 사람들, 타인을 자기 기준에 맞추며 판단하는 사람들.

나는 부를 창출하는 지식과 능력을 갖고 있진 않다. 만약 내가 그런 특출한 능력을 가졌다면 어디서든 나를 데려가려고 할 것이다. 그저 학창 시절 공부를 열심히 했다고 해서 무조건 큰 회사에 지원해야 하는가? 가령 나를 떠받들어 주고 돈을 지금보다 많이 주지만 업무가 끔찍하게 안 맞는 회사에 들어간다면 나는 행복할까?

연봉 5천만 원을 받고 대차대조표를 보는 생소한 일을 할 바에는 지금 분야에 남고 싶다. 나에게 돈과 워라밸보다 중요한 건 편하고 즐겁고 의미 있는 일이라는 걸 깨달았다. 나는 내가 제일 중요하게 생각하는 가치인 '자아'를 따르고 싶을 뿐이다.

모든 게 완벽할 순 없다. 하나를 얻으면 다른 하나는 잃는다. 아직은 어떤 선택으로 잃는 것에 초점을 맞추는 것보다 얻는 것에 초점을 맞추며 살고 싶다. 최종적으로 내린 결론은 '어쨌거나 당장 재미있는 일을 하며 조금씩 돈을 모으면서 젊음을 더 즐기자.'다. 종종 치킨이 먹고 싶을 때 부담 없이 시켜 먹고, 필요한 생필품은 망설임 없이 사고, 가끔 비싼 칵테일을 마시고, 매해 괴상한 옷을 입고 좋아하는 페스티벌에 가는 것. 아직은 그렇게만 살 수 있다면 충분하다. 언젠가 다른 일을 하게 될지도 모르지만 그 언젠가를 위해 오늘을 다 바쳐 살고 싶진 않다.

'일어서서 영화 보기'라는 말이 있다. 모두 앉아 있으면 편하게 영화를 볼 수 있는데 앞사람이 일어서니 뒷사람도 일어서고 결국 모두가 일어서서 힘들게 영화를 보는 상황을 일컫는 말이다. 원래는 과도한 사교육 문화를 빗댄 표현이다. 나는 이 표현이 굳이 사교육에만 적용되는 건 아닌 것 같다. 앞사람이 일어서서 영화가 안 보이면 다른 영화를 보러 갈 수도 있지 않은가? 그 다른 영화가 이전 영화보다 더 재미있을 수도 있지 않은가? 왜 항상 모든 사람이 보는 영화를 억지로라도 따라 보지 않으면 안 되는가? 그 영화를 다 보고 나면 '재미있었다'보다는 '다리가 아프다'는 생각을 하지 않을까?

세상은 넓고 직업은 많다. 지구에는 수십억 개의 인생이 있다. 하지만 가끔 우리 사회에서는 가족, 나이, 성별, 학력, 경제력 등 한 사람의 인격과 가치를 판단하는 데 하등 쓸모없는 몇 가지 기준 때문에 각자가 가진 개성이 존중받지 못하는 경우가 많아 보인다.

사회에 꼭 필요하지만 안 좋게 대우받는 직업을 대하는 태도를 개선해야 한다. 아이에게 "무조건 돈 많이 버는 직장이 최고야."가 아닌 "너는 어떤 일을 할 때 보람을 느껴? 어떤 인생이 널 행복하게 할 것 같아?"라고 말해야 한다. 개개인의 다양성을 최대로 발휘하는 사회를 만들어야 한다. 그것이 아무리 이상적인 바람일지라도 나는 죽을 때까지 그런 사회를 꿈꿀 것이다.

연약하다는 것은

약하다는 것이 아냐

;

"살면서 가장 행복했던 때가 언제예요?"

정 작가님이 물었다. 우리는 진눈깨비 내리는 밤, 두부 요리를 파는 분위기 좋은 식당에서 유자 맛 막걸리를 마시며 소소한 인생 이야기나 고민거리를 나누었다.

"병원에 입원했을 때요."

나도 모르게 그렇게 대답했다. 작가님이 놀란 표정을 지었다. 병원에 입원했을 때가 제일 행복했다니. 이상한 변태라고 오해받아도 할 말 없는 상황이었다.

제대로 설 수조차 없을 정도로 허리가 아팠던 때, 정형외과에 2주간 입원했다. 입원하기 전까지는 얼마나 답답했는지 모른다. 나는 분명 허리를 포함해 둔부와 다리가 저릿저릿하고 아파서 절뚝거릴 정도인데, 가는 정형외과마다 별다른 소견 없이 소염제나 처방해주고 그쳤다. 물리적으로 겉이 아픈 게 아니라 신경통처럼 안쪽이 아프다고 설명해도 꾀병 부리는 환자 취급을 했다. 한의원에 가도 침 몇 방 놓아주는 게 다였다. 효과는 별로 없었다. 나는 너무나 내 고통을 이해받고 싶었다.

그냥 내버려 두면 낫겠거니 생각하며 평소대로 생활했다. 통증은 점점 심해졌고 결국 드러눕게 되었다. 밖에 나가기는 커녕 변기에 앉는 것도 못 했고, 누워서 식사를 했다. 몸이 너무 아프니 불길한 생각이 절로 들었다.

보다 못한 엄마가 나를 차에 태우고 예약한 정형외과로 운반했다. 별로 기대는 하지 않았지만 몸 상태가 상태이니만큼 절박해져 내 어디가 어떻게 아픈지, 예상되는 증상은 뭔지 빠르게 메모장에 정리했다. 이번에는 정말로 낫고 싶어서 의사 선생님을 보자마자 눈물을 글썽이며 정리해둔 메모를 읽었다.

내 말을 가만히 듣던 의사 선생님은 엑스레이를 찍은 후 이전에 갔던 병원에서는 하지 않은 검사를 몇 가지 해본 뒤 아주 간단하게 '척추불안정증'이라고 진단을 내렸다. MRI를 찍을 필요도 없다고 했다. "낫게 해줄게." 그는 쿨하게 말하며 나를 입원실로 보냈다.

선생님은 아주 미세한 통증도 놓치지 않았다. 다리를 들어 보는 것만으로 내 어디가 얼마나 아픈지 제대로 가늠했다. 드디어 나의 아픔을 이해받는 순간이었다. 속 쓰린 약이나 왕창 주던 의사들과는 달리 약도 딱 두 알만 줬다. 아마 이전 의사들은 내가 젊다는 이유로 가능성 있는 소견을 몇 가지 거른 게 아닐까?

입원을 하니 아프다 말하지 않아도 아픈 걸 알아주는 사람이 많았다. 같이 있는 사람들도 모두 아파서 좋았던 것 같다. 경쟁뿐인 세상과 격리된 채, 계속 누워 있기만 해도 아무도 건드리지 않았다. 정말 아무것도 안 하는 게 너무 좋았다. 무엇보다 그곳에서의 나는 이해받고 싶다고 생각하지 않아도 됐다. 난생처음 야간 공황 발작을 경험하고, 그러다 불면이 와 잠도 못 자고, 삼겹살도 못 먹고, 변비에도 걸렸지만 그냥 아프다고 말했을 때 알아듣는 사람이 있는 것만으로도 속이 시원했다.

그래서 제일 행복했던 때가 언제냐는 질문을 받고 '병원'을 가장 먼저 떠올렸을까? 나는 늘 '이해받는 것'에 목말랐던 건지도 모른다.

2017년 12월 18일, 샤이니의 종현이 죽었다.

나는 야근을 하고 있었다. 옆자리에 앉은 주임님이 입을 막고 소리를 질렀다. 기사 페이지에는 내용은 없고 사진과 제목만 있었다. 일단 부정했다. 하지만 어떤 언론이 부고 기사를 오보로 낼까? 계속 새로 고침 버튼을 눌렀다. 가슴이 뛰고 눈물이 날 것 같아서 도저히 일이 손에 잡히지 않았다. 얼마나 힘들었으면, 얼마나 답답했으면, 얼마나 외로웠으면.

"아니, 죽기는 왜 죽어. 죽을 용기가 있으면 그 용기로 그냥 살지."

멀리서 차장님의 한숨 섞인 말이 들렸다. 그게 아니에요. 그렇게 쉽게 말하지 마세요. 쏘아붙이고 싶었지만 마음만 쓰렸다. 우울해본 적 없는 사람들, 우울을 경시하는 사람들은 어딘가에서 차장님과 똑같은 말을 하겠지.

그의 유서에는 이렇게 적혀 있다.

"성격 탓이란다. 그렇군요. 결국엔 다 내 탓이군요. 눈치채주길 바랐지만 아무도 몰랐다. … 조근한 목소리로 내 성격을 탓할 때 의사 참 쉽다 생각했다. 왜 이렇게까지 아픈지 신기한 노릇이다. 나보다 힘든 사람들도 잘만 살던데. 나보다 약한 사람들도 잘만 살던데. 아닌가 보다. 살아 있는 사람 중에 나보다 힘든 사람은 없고 나보다 약한 사람은 없다."

이후 각종 커뮤니티 이용자와 내가 구독하는 여러 심리학자, 임상심리사, 정신과 의사가 '우울한 사람에게 도움 되지 않는 말' '종현 심리 분석' '연예인 우울증' 등과 같은 제목의 글을 올렸다. 글은 많은 사람에게 공감을 사며 공유됐다.

나는 죽고 나서야 마음을 이해받는 그가 안타까웠다. 요즘도 우울할 때마다 자꾸만 그와 동화되는 기분이 들어 혼자 가라앉는다. 당신이 힘들었던 건 당신 탓이 아니라고 말해주고 싶다. 완벽히는 아니지만 나 또한 그 기분을 이해한다고 말해주고 싶다. 여전히 그가 보고 싶다.

왜 사람들은 기어코 무언가가 터져버려야 반응하는 걸까? 그 전에, 누군가가 입을 열 때 조금이라도 더 따뜻하게, 온전히 상대방을 위한 마음으로만 이야기를 들어줄 순 없는 건가? 누구에게라도 그런 자세가 필요하다는 건 다들 알고 있으면서 왜 늘 자신의 잣대로 사람을 판단하고 못된 말을 해버릴까?

사람이라는 존재에게 다른 사람 이야기를 들어주는 일은 원래 참 어렵나 보다. 상담 전문가를 꿈꾸는 사람들이 수년간 수련하는 이유를 어렴풋이 알 것도 같다. 누군가의 삶을 좌우할 수도 있는 일인데 당연히 어렵지 않겠는가. 하지만 그들에게 주어지는 보상과 처우는 너무 박하다. 아직도 세상이 마음을 경시하기 때문이라고 생각한다.

문득 이 대사가 떠올랐다.

"당신은 그의 죽음에 대해 그렇게나 궁금해하면서 그의 삶에 대해선 얼마나 알죠?"

화가 빈센트 반 고흐의 죽음을 다룬 영화 〈러빙 빈센트〉에 나오는 마르그리트의 대사다. 고흐는 자살로 추정되는 죽음으로 생을 마감했다. 그가 죽기 전까지 그를 진심으로 대하는 사람은 별로 없었다. 영화관에서 엔딩 크레디트가 올라갈 때, 나는 무릎에 얼굴을 묻은 채 펑펑 울었다. 온 얼굴을 적신 채 영화관을 나오면서 고흐의 외로운 죽음에 대해 생각했다. 어쩐지 숨이 제대로 쉬어지지 않았다.

술자리에서 오랜만에 만난 친구가 말했다.

"너는 도대체 뭐 하고 살아? 네 얘기를 들은 지 너무 오래됐어. 뭐라도 네 얘기 좀 해봐."

그제야 그 술자리에서 내 이야기를 별로 하지 않았다는 걸 깨달았다. 그런가. 내가 사는 이야기를 궁금해하는 사람이 있기는 있구나 싶었다. 그게 뭐라고 듣자마자 코끝이 찡해졌을까. 내 이야기를 물어본 그 친구에게 고마움을 느꼈다.

당시에는 사람을 별로 만나고 싶지가 않았다. 정확히 말하면 사람들에게 내 이야기를 하는 걸 꺼렸다. 인생이 내 맘대로 풀리지 않았던 때라서 입만 열면 우울한 말을 했다. 몇 년이고 몇십 년이고 인생이 안 풀리는 사람도 있을 텐데, 고작 몇 달 내 맘대로 안 된다고. 그런 내 모습을 보는 게 싫었다. 말한다고 딱히 상황이 달라지는 것도 아닌 데다 내 약점과 치부만 드러내는 것 같았다. 내 이야기를 마쳤을 때 안타까운 눈빛을 보내는 상대방을 보면 약간 박탈감이 들기도 했다.

내가 무슨 말을 듣고 싶어 하는지 나조차도 모르겠고, 진심을 담아 이야기해도 상대방이 귀담아듣지 않을까 봐 두렵기도 하고. 누군가의 이야기를 진정으로 들어주고 알아주는 건 힘든 일이니까. 내 상황을, 내 심정을 이해하기는 할까? 말하자면 그런 생각에 갇혀 있었다. 이러니 방 밖에서 다른 사람을 만날 때 대화하기가 너무 힘들었다.

생각해보면 언제나 그랬던가. 사람과 있을 때면 그저 가만히 있어도 힘들고, 상대가 나를 어떻게 생각할까, 날 오해하지는 않을까, 내 외모를 보고 날 깔보진 않을까 무서웠다. 그런데도 사람이 궁금하고 좋아서 이것저것 물어보고 관심 있게 들어주고 눈을 마주치는 스스로의 모습이 한심했다. 나는 네 마음을 이해하니 이제 네가 내 마음을 이해해줘. 내 이야기를 들어줘. 나를 궁금해해줘. 그리 생각하며 처절하게 세상에 매달리는 애처로운 애정 결핍자.

그런 한편 누군가의 시선에서 느껴지는 기운이 마냥 순수하지만은 않다는 걸 직감적으로 느낄 때마다 밀어내고 밀어내며 또 혼자 작아진다. 나는 알아. 당신이 내게 관심을 보이는 건 순수하게 내가 궁금해서가 아니라는 거. 목적이 있어서, 혹은 그저 외롭기 때문에 나와의 관계를 수단으로 이용하려 한다는 거. 그렇기에 나는 당신이 궁금하지 않아. 당신이 뭘 하든 신경 안 써. 그렇게 생각하며 외면하다가도 다시 돌아서서 몰래 지켜보고, 그 사람에 대해 생각한다. 생각만 하고 손을 뻗진 않지. 그러면서 내가 생각하는 만큼 상대는 날 생각하지 않는 것 같아 또 혼자 서운해하길 반복하지. 도대체 이 무슨 마음의 논리람.

내가 얼마나 어두운 사람인지 알아가는 건 참 신비로운 경험이다. 단순히 상성이 안 맞는 사람이라고 해서 나에게 해를 끼치는 건 아니지만, 그런 사람들 곁에서 고립되는 기분을 느끼는 건 생각보다 힘든 일이다. 자꾸만 도망치고 싶고 내 작고 안전

한 방으로 얼른 돌아가서 발끝까지 꼭꼭 이불을 덮고 싶다.

나는 나를 만나는 모든 사람이 내가 얼마나 마음이 깊은지, 얼마나 우울한지, 얼마나 사람들의 행복을 바라는지, 겉으로 보이는 내 모습이 얼마나 진정한 내 모습과 거리가 먼지 알아주길 원했다. 내가 사람들을 생각하고 신경 쓰는 만큼 그 누군가도 나를 생각하고 신경 써줬으면, 나보다 나를 더 잘 아는 사람이 있었으면, 세상에는 나쁜 사람이 너무 많다고 말하며 우는 내가 어떤 심정인지 알아주는 사람이 있었으면 좋겠다.

'나'를 세상의 중심에 두니 이런 문제가 발생하는 것 같다. 나를 중심으로 세상이 돌아간다 생각하면 이렇게 자의식에 빠진다. 그래서 타인이 나에게 관심을 주지 않을 때, 날 좋게 봐주지 않을 때, 나 자신이 그리 대단한 사람이 아니라는 걸 깨닫는 그 순간순간이 고통스럽다. 그렇다 해서 중심이 아닌 주변으로 도망쳐 타인 속에 묻어가면 본연의 모습을 잃으니 그 또한 고통스럽다.

나는 언젠가 내 글로 많은 사람을 위로해주고 싶었다. 그걸 못 하고 허망하게 죽을까 봐 가끔 두려움에 휩싸인다. 기어코 무언가 대단한 일을 해내야 사람들이 나를 알아줄 테니까, 그 전까지는 계속 지금과 같은 심정일 거라고 생각했다.

언제나 누가 나에게 다가오겠어, 의심하고, 하지만 사람을 놓지 못해 기대를 하고, 기대하면 실망하니까 결국 사람들 앞에서 입을 열 수는 없고, 그런데도 글은 쓰고 싶고, 어떻게 써야 할지는 모르겠고.

친구는 원래 타인과 사회는 차갑다고 말했다. '차갑다'는 형용사가 지시하는 감각이 적확하게 다가왔다. 무언가를 갖고 태어났다면 그걸 평생 갈고닦으며 다른 사람을 위로하기 위해 애써야 한다고. 끊임없이 노력해야 한다고. 그렇게 해봤자 안 될지도 모르는데 뭐 하러 나를 깎으며 노력해야 하나, 너무 고통스러운데. 그렇게 반응하자 "그래도 해요."라는 답이 돌아왔다. 아무도 주목하지 않아도 그냥 해요. 누군가 날 알아주지 않으면 나라도 날 알아주라고. 그러지 않으면 자기 스스로를 탓하고 괴롭히고 침전하니까.

물질과 바깥으로부터 멀어지고 마음과 내면에 가까워질수록 괴로움은 커진다. 내 이야기를 하는 것보다 남 이야기를 들어주는 것에 익숙해질수록 외롭다. 이런 나는 종내 어떤 사람이 될까? 내가 바라는 사람이 될 수 있을까? 외로움에 매몰돼 날카로운 사람이 되는 건 아닐까?

결국 내가 선 곳은 중심과 주변, 딱 그 중간인 것 같다. 그 사이에 끼어 고통스럽고 외로워도 멈추지 않고 주변을 위로하며 걸어가는 그런 사람. 언제나 그런 이방인의 세계를 걷는 기분이다. 이 길의 끝은 어딜지, 늘 같은 질문을 짊어지고 또 살아간다.

연약하다는 것은 약하다는 것이 아냐
연약한 존재들은 비밀을 안고 있지
귀 기울이지 않으면 절대로 알 수 없는
그런 신비로운 비밀 그런 아름다운 비밀

아름다운 것들은 쉽게 부서지고
되돌리는 것은 너무 어렵다네
신비로운 것들은 꿈결 속에 사라지고
되돌리는 것은 너무 어렵다네

연약하다는 것은 용감하게 산다는 것
한 가닥 실바람에도 온 마음을 내주는 것
연약하다는 것은 외로움을 안다는 것
모두가 함께일 때도 애써 혼자가 되는 것

설명하려 할수록 외톨이가 되네

오후의 햇살도 너에겐 닿질 않네

하지만 그 모든 몸짓이 이 세상 모든 것들을

살며시 감싸네 이름 모를 사람도

— 장혜영 '연약하다는 것은 약하다는 것이 아냐'

내가 번호를 바꾸지 못하는 건

"완전히 이해할 순 없어도 완전히 사랑할 순 있다."는 모순적인 말을 믿는가? 영화 〈흐르는 강물처럼〉에서 이 말을 처음 듣고 내가 가장 먼저 떠올린 건 가족이었다. 아빠랑 싸우고 독립을 했다. 아무리 먹어도 언젠가 배는 또 고프다는 게 슬펐다. 짜증이 나서 며칠이고 먹지 않으면 애인이 슬퍼했다. 어느 날은 맥도날드에서 같이 햄버거를 먹으며 맛있다고 말했다. 그가 일주일 동안 부산에 있는 본가에 가겠다고 했다. 햄버거를 먹으려고 입을 벌리다가 갑자기 눈물이 났다. 가족이랑 사이가 좋고, 마치 휴가인 양 아무렇지 않게 본가에 갈 수 있는 그가 부러웠다. 적어도 당시의 나에게는 그런 곳이 없었다. 어쩌면 내가 그렇게 만든 건가. 입가에 햄버거 소스를 묻힌 채 처량하게 울었다.

추석에도 그는 부산에 갔다. 짐을 싸서 그의 집에 들어가 침대에 누웠다. 옆에는 없지만 냄새라도 맡으면 마음이 편해질 것 같았다. 너저분한 옷을 개고 바닥을 밀고 더 이상 할 일이 없자 다시 누웠다. 그때도 그런 생각을 했다. '나는 왜 이렇게 되어버린 거지?' 세상에 오롯이 나 혼자만 남은 것 같아 이번엔 소리 내 엉엉 울었다. 궁상도 그런 궁상이 없었다.

설에도 그는 부산에 갔고 나는 밥을 먹지 않았다. 엄마가 집에 오라고 했다. 배고픈 게 싫어서 결국 나도 집에 갔다. 누구와도 제대로 인사하지 않았다. 엄마가 "배고프지?" 하며 전과 떡국을 줬다. 그걸 먹고 있는데도 또 세상에 오롯이 나 혼자만 남은 것 같아서 몰래 울었다. 속이 쓰렸다. 아빠가 내 휴대전화 충전기를 챙겨주었지만 웃을 수 없었다.

언제나 내가 어떤 감정으로 어떻게 행동하는지 모르지 않았다. 그런데 그런 감정은 처음이었다. 두려움, 슬픔이 한데 섞여 다리가 후들거리고 말이 잘 나오지 않았다. 무언가에 압도된 사람처럼. 결국 나는 터져버렸다. 이곳에 오는 게 아니었다고 소리쳤다. 다시 또 지옥문이 열렸다.

폭력이 당연한 세대와 폭력이 얼마나 나쁜지 아는 세대. 서로 상처 주는 관계를 절대적인 천륜이라 부를 수 있는 건가? 왜 이해하려는 노력을 선행하지 않고 모든 잘못을 나에게 덮어씌우며 나만 잘못된 거라고 생각할까? 결국 상처투성이가 된 건 나뿐인데. 영원히 잊지 못할 사람은 나뿐인데.

나는 너무나 가만히 있는데 불안정한 사람들은 내 곁으로 와 나를 상처 입힌다. 그래서 나의 감정을 표출하고 사과할 것을 요구하면 그들은 오히려 더욱 나를 몰아붙이며 또 다른 상처를 준다. 나는 그들을 이해하려고 마음을 공부하는데 그들은 나를 이해하려고 공부하지 않는다. 돌이킬 수 없는 폭언을 하고서 사과할 사람은 나고, 기어야 할 사람도 나라고 생각한다. 왜 사람들은 자신이 잘못됐을 수도 있다고는 생각하지 않을까.

내가 입은 상처가 내 탓으로 돌아오는 것이 참 익숙하다는 게 서글펐다. 세상에 이렇게나 치명적인 오류가 있는데 그 누구도 고치지 않았다. 나는 그때부터 죽은 듯이 내 방에만 갇혀 살겠다고 다짐했다. 그렇지만 번호를 바꾸지는 못했다. 서로 이해하지 못해도 사랑하는 마음이 남아 있어서일까? 다른 사람을 쉽게 받아주지 않는 성격이 되려면, 전화번호를 쉽게 바꿀 수 있는 사람이 되려면 어떻게 해야 할까? 왜 그들은 내가 그들을 떠나지 못할 거라고, 떠나면 안 된다고 생각할까? 일생일대의 미스터리다.

그러나 완전히 이해할 수 없는 관계에서 최악의 상처를 입고도 나는 가족을 두둔하는 생각을 한다. 날 괴롭게 한 가족이 꿈에 나와 나에게서 멀어지면 눈물을 흘리며 잠에서 깼다. 나에게 상처를 줬고, 곁에 있으면 괴로운데도.

이윽고 '내가 먼저 사과할까.'라는 생각에까지 이르면 네가 그렇기 때문에 계속 상처받는 거라고 스스로를 타이른다. 결국엔 또 한마디도 하지 못하고 눈감아 버릴 거면서. 어쩌면 사람들이 나를 해치는 게 아니라 내가 스스로를 해치는 상황을 자꾸 조성하기 때문에 힘든 걸지도 모른다.

인스타그램을 켰다. 많은 사람이 저마다 행복한 명절을 보내고 있었다. 있잖아, 너에게는 정말 아무 문제도 없어? 너네 가족은 정말 그렇게 행복해? 정말 나만 이렇게 힘든 거야? 또 불쑥 밀려드는 생각. 나는 나로만 살자. 누군가의 딸도 애인도 친구도 아닌 그냥 나. 나에게 주어지는 역할 이름 때문에 필요 없는 의무감과 감정이 생기는 거니까. 그렇게 생각하며 이불을 덮었다.

대학교 졸업식이 끝났다. 가족 중 누구도 오지 않았다. 언제부터 잘못됐을까?

며칠 후 엄마에게서 연락이 왔다. 내가 번호를 바꾸지 않았기 때문이다. 엄마는 하나뿐인 딸인 내가 의지가 되는 사람이길 바란다고 말했다. 그래서 내가 약한 모습을 보일 때마다 화가 치밀어 오른다 했다. 나는 도무지 숨이 막혀 말을 할 수가 없었다. 엄마랑 아빠가 날 상처 입혔잖아. 그런데 뭐? 잊어? 엄마 아빠한테나 그게 잊히는 일이겠지. 나한테는, 나 같은 사람한테는 씻을 수 없는 상처야. 나는 하나뿐인 엄마가 의지가 안 된다고 해서 서운해한 적 단 한 번도 없잖아. 그저 자식이 부모한테 의지가 안 된다는 게 그렇게 화가 치밀어 오를 일이야, 그렇게 날 아프게 할 일이야? 차라리 남한테 상처 입는 게 나아. 차라리. 차라리. 차라리! 그럼 언젠가 잊히기라도 하지. 실컷 욕이라도 할 수 있지. 도대체 내가 왜 이렇게 힘들어야 해. 내가 왜. 내가 왜….

힘들고 고통받는 사람들은 서로를 끌어당기기 무서워한다. 제발 나의 고통을 알아달라 말하는 게 서툰 사람은 눈물 흘리는 대신 모질고 억척스러워진다. 곁에 누군가가 필요한 사람일수록 인간관계에 서툴다. 그렇기에 인간사는 외롭고 잔인하다. 엄마와 나는 그런 사람이었다. 그냥 서로 외롭고 힘들었을 뿐인데. 처음부터 그걸 이해했으면 되는데. 이해할 여유조차 없는 생의 버거움이 가혹해.

창밖을 스쳐 지나가는 도로 위의 사람들. 그들도 저마다의 사정을 안고 살아가겠지. 버스 안에서 하염없이 울었다. 지겨웠지만 별수 없었다.

누군가의 딸도 애인도 친구도 아닌 그냥 '나'로만 산다는 건 너무나 어려운 일이다. 결국 나는 또 나와 나의 마음을 위해 나를 상처 입힌 모든 존재를 포용하고야 만다. 어디 한번 나를 잃어보라고 생각하면서도 기회를 주고야 만다. 내가 번호를 바꾸지 못하는 건 결국에 쉽게 사람을 못 버리는 나를 위해서였다. 그런 숙명 같은 삶을 그저 수동적으로 받아들이며 나는 또 언젠가 다가올 상처에나 대비한다. 나는 더 나은 대접을 받아야 마땅한 사람인데. 그런 사람인데.

어느새 내가 묻지 않아도

그 대답을 알 수 있을 만한 어른이 되어서

결국 내게 상처를 줬던 그 사건들엔 사실

아무런 이유가 없었다는 걸

아무런 의도가 없었다는 걸 알게 되면

그대로 우리는

그대로 우리는

얼굴을 보면 마냥 서글퍼져서 아무런 말도 나누지 않고

한땐 어쩌면 제일 즐거웠던

한 시간 혹은 두 시간, 아니 먼 하루에

그 기억을 둘 중에 하나만 갖고 우연히 만나게 되었을 때도

그저 웃으며 인사하겠지만

사실 나는 모두 기억하고 있단다

그때의 빛나던 머리카락들과

빛나던 이빨들과

그때의 빛나던 단어들과

그때의 기억나던 손짓들과

그때를 비추던 거울들과

그때와 똑같은 습관

일어나자마자 나지막이 불러보았던

몇 개의 이름들

— 이랑 '세상 모든 사람들이 나를 미워하기 시작했다'

호모 센서티브

이론

만렙 집순이의 연애하기

; 나는 집순이다. 집순이는 외출을 거의 하지 않고 집에만 있는 사람을 일컫는다. 내가 언제부터 집순이처럼 살았는지 생각해보았다. 아마 초등학생 때부터인 것 같다. 나는 유년 시절 또래들과 밖에서 어울리는 편이 아니었다. 우리 집은 1년마다 이사를 다녀서 발 들인 초등학교만 다섯 개다. 자연스레 또래와 쉽게 어울리지 못하는 성향이 됐다. 그래서 집에서 혼자 게임을 하거나 문학 전집을 읽고 공상하거나 종이 접기 책을 보면서 색종이를 가지고 놀곤 했다.

중학생 때부터는 본격적으로 영화와 드라마를 보는 취미가 생겼다. 학교에 갔다 오면 모니터 앞에만 앉아 있었다. 영화나 드라마를 보지 않을 때는 책상에 앉아 소설책을 읽거나 블로그에 흑역사를 제조하거나 꼬박꼬박 그림을 그렸다. 당시 내가 친하게 지낸 친구들은 모두 오타쿠였다. 그들도 나와 비슷한 취미를 갖고 있었다. 다 같이 논다 해도 누군가의 방에 모여 뒹굴뒹굴하거나 만화책을 보는 게 다였다.

성인이 된 나의 성격은 흔히 '인프제'라 부르는 INFJ형이다. 나는 기본적으로 생각이 너무 많고 어떤 존재의 본질이나 의미를 과하게 고민한다. 세상만사 부조리에 몹시 예민하지만 다소 싫은 소리를 크게 못 내며, 즉흥적이고 활동적인 생활보다 안정감 있는 생활을 추구한다. 타인의 시선에 지나치게 민감해 사람과 부딪치는 것에 피곤해하고 자신을 향한 누군가의 비난을 잘 흘려 넘기지 못한다. 심리학과 관찰하기와 공상하기를 좋아하고 혼자 자아 성찰을 하며 침전하는 날이 많다.

인간에게 잘 상처받으면서도 인류애가 많은, 어떻게 하면 세상을 더 올바르게 바꿀 수 있을까 고민하는 그런 성격. 보통 현실 감각이 떨어진다는 비판을 주로 듣는다. 한마디로 세상 살기 피곤한 인간이라고 할 수 있다. 가끔은 내가 호모 사피엔스가 아니라 호모 센서티브 같은 희귀종이 아닐까도 생각한다.

이불 밖의 위험을 쉽게 감지하는 탓에 바깥 생활을 하기가 피곤했다. 한때는 활발하고 외향적인 사람이 되고 싶어서 노력도 많이 해봤다. 대학 새내기 때는 과 행사에 빠짐없이 참석하면서 술을 마시고 시끄럽게 떠들어댔다. 친구들과 밴드 활동을 하면서 머리를 샛노랗게 탈색하거나 귀를 열 군데나 뚫기도 하고, 일부러 사람 많은 번화가에 혼자 나가 담력을 키워보려고도 했다. 소심하고 약해 보이지 않으려고 입에 욕을 달고 살던 시기도 있었다. 그럴수록 내 본질과 멀어졌다. 내 본모습은 MT에 가는 게 두려워 경춘선 중간에 내려 쌀 봉지를 들고 다시 터덜터덜 집으로 돌아가는 쫄보일 뿐이었다.

굴지의 대기업에 다니는 외삼촌은 "너는 회사를 다니면 안 될 타입이야. 프리랜서 같은 걸 해야 돼. 100퍼센트야."라고 말했다. 기억하는 가장 오래된 시절부터 지금까지 해마다 외삼촌을 만나왔지만 외삼촌이 이렇게 통찰력 있는 사람인 줄은 처음 알았다.

확실히 나는 사회생활을 시작할 나이가 됐을 때도 나중에 프리랜서로 일할 수 있는 직종만 골랐다. 사람과 자주 부대끼며 몸과 마음이 박박 갈리는 하드코어한 환경에서 일하는 게 진정 괴로워 퇴사만 두 번 했다. 결국 돈을 포기하고 근무 시간이 적으면서 사내 문화가 자유로운 회사로 이직했다.

이렇다 보니 피곤하게 살지 말고 내 모습 그대로를 받아들이기로 했다. 일을 다녀오고 남은 여가에는 역시 집에 누워 있었다. 밝은 빛이 들어오는 게 싫어 창문 없는 두더지 굴 같은 자취방도 거부하지 않고 계약했다. 밖에 안 나가도 되는 장마철과 한겨울이 제일 좋다. 이런 성향을 온전히 이해하는 사람은 잘 없다.

연애란 것도 사람과 친밀하게 관계하는 것이니 나에게는 먼 얘기나 다름없었다. 10대 때는 짝사랑하는 사람이 있어도 속으로만 좋아하고 그쳤다. 만약 사귀게 된다면 내 속사정과 비밀 같은 진지한 이야기를 나눠야 할 텐데 그게 참 어렵고 두려웠다. 빛나는 사람 앞에 있으면 내가 너무 못생기고 초라해 보여서 창피했다. 꽤나 자존감이 낮아서 누가 날 좋아한다고 하면 진심으로 이해를 못 했다.

연인끼리 만나 데이트를 하는 게 무척 신기했다. 어떻게 빛나는 사람 앞에 앉아 함께 밥을 먹고 차를 마실 수 있단 말인가? 열아홉, 내 인생의 첫 데이트 때 당시 남자 친구가 나에게 식당에 들어가서 밥을 먹자고 했지만, 도저히 그 애 앞에서 밥을 먹을 수가 없어 결국 같이 굶었다. 어느덧 스무 살이 되었을 때 처음으로 이성과 단둘이 식사하기에 성공했다. 그 행위가 어색해서 장렬하게 체했지만.

누군가를 좋아하는 감정은 어쩔 수 없는지라 20대 초반 몇 번 연애를 하고 헤어지길 반복했다. 남자 친구들과 다툰 이유는 내 민감한 성격과 그들의 둔한 성격이 충돌했기 때문이다. 스무 살 때부터 2년간 사귀었던 남자 친구는 나랑 생각하는 방식이 비슷하긴 했지만 간혹 차가웠다. 그 당시 우울증이 와서 낯선 감정에 많이 힘들었는데 그 애는 내가 겪은 힘든 일이 별것도 아니라는 듯 굴었다. "너보다 힘든 사람 많아. 잠이나 자." 같은 말을 서슴지 않았다. 가장 힘들고 외로울 때 옆에 있어주지 않았다. 그런데도 나를 사랑한댔다. 나와 애정 표현의 방식이 너무 달랐다.

이후 사귀었던 남자 친구는 우울이라는 감정 자체를 모르는 애였다. 그 애는 "나는 살면서 한 번도 우울해본 적이 없어!"라고 당당하게 말했다. 당연히 성격이 잘 맞을 리 없었다. 섬세하지 못했고, 심하게 말하면 좀 바보 같았다. 활동적인 걸 좋아해서 가고 싶은 곳도 하고 싶은 것도 많은 친구였다. 그래도 나를 좋아해주고 나도 좋아서 계속 사귀었는데, 그 애는 어느 날 어려운 내 성격이 귀찮다며 날 차버렸다. 그 애가 군대를 전역하고 한 달도 안 되었을 시점이었다.

너무 좋아했는데 안 되는 건 안 되는 거였다. 이처럼 연애에 연달아 실패한 나는 더 내면의 자아에 몰두하고 필연적인 우울과 대인 기피로 인간사에 회의감을 느끼게 되었다. 누구보다 진심 어린 깊은 관계를 원하지만 정들다 마는 게 싫어 차라리 벽을 치고 의심을 자주 했다. 거기다 툭하면 아팠다.

나가고는 싶지만 나가기 싫어. 사람이 싫지만 사람을 만나고 싶어. 모순적인 마음과의 갈등이 지겨워질 무렵, 현실을 도피하기 위해 영상물에 더욱 심취했더니 집순이 기질이 점점 강해져 20대 중반에 이르러 만렙 집순이가 되었다.

나는 내가 과연 또다시 연애를 할 수 있을지 의문이었다. 사람마다 아무리 열심히 해도 안 되는 게 있는데 나에게는 그게 수학과 연애인 것 같았다. 누군가와 관계가 깊어지기 위해 다시 똑같은 과정을 거쳐야 하는 게 성가셨다. 혹시 싸우기라도 해서 안정적인 정서가 뒤틀리는 걸 견디기도 싫었다. 어차피 헤어지게 된다면 모든 게 의미 없는 거 아니냐는 생각이 들었고, 내 성향을 받아주고 이해할 사람이 없을 것 같았고, 무엇보다 데이트하러 나가는 게 귀찮았다.

얼마나 귀찮았냐면, 울 정도였다. 언제는 여름에 데이트를 하려고 씻고 옷을 입고 나가려는데 너무 덥고 귀찮아서 울었다. 결국 지하철로 몇 정거장 안 되는 거리를 택시를 타고 갔다. 남자 친구 입장에서는 '재는 나를 사랑하기는 할까.'라는 생각이 들 법도 했다. 하지만 막상 나가면 엄청 잘 놀고 이야기도 많이 했다. 그냥 나는 귀찮아서 울 정도로 집을 떠나고 싶지 않은 집순이일 뿐이다.

솔로일 때는 나가고 싶을 때만 나가고 놀고 싶을 때만 놀러 가서 행복했다. 꾸준히 외로움을 느끼고 누군가 나를 사랑해 주는 사람이 있으면 좋겠다고 바랐지만 침대에 누워 미드를 볼 때는 그저 행복했다. 그러다 그다음 남자 친구를 만났다. 그는 보노보노급 초식남으로 나와 성격과 데이트 취향이 거의 비슷해 충돌한 적이 없었다. 서로 연락도 잘 안 하고 귀찮게 구는 걸 안 좋아했다. 비상시엔 "급함!" 등의 메시지를 날려야 연락이 됐다. 대신 만나면 대화를 아주 오래 했다. 데이트를 하면서 서서히 깊은 얘기를 나누며 친해졌다. 데이트할 때마다 "이제 1퍼센트 더 친해졌네요."라고 말했다. 사귀고 한 달이 될 때까지도 어색했던 것 같다. 그는 그걸 기다려줬다.

편해지고 나니 좋았다. 피차 집순이, 집돌이이므로 둘 다 집에서 편하게 있을 때의 모습을 일찌감치 들켰다. 안경 낀 모습이 너무 못생겨 보이고 싫어서 눈병이 나도 어떻게든 렌즈를 끼고 다니던 내가 그의 앞에서 편하게 안경을 끼는 걸 보고 가끔은 너무 편한가 싶어 흠칫하기도 했다. 같은 동네에 살아서 데이트는 거의 동네에서 했다. 다른 지역에서는 거의 데이트를 하지 않았다. 일단 가기로 한 곳에서 식사를 마치면 나는 곧바로 집에 들어가고 싶어 했는데, 그럴 때면 그는 한번 집에 들어가면 다시 데리고 나오기 힘드니까 나왔을 때 이것저것 다 해야 한다며 디저트를 먹자거나 장 볼 거 있지 않냐고 하거나 영화를 보러 가자고 했다. 본인도 집돌이면서 어떻게든 집에 들어가지 않으려고 노력하는 모습을 보니 애처로워서 결국 그가 하자는 대로 따라갔다.

어느 날 그는 내가 글을 게을리 쓰는 게 싫다며, 퇴근하고 드라마나 보는 내 모습이 싫다며 날 차버렸다. 첫 책을 내고 3개월도 지나지 않았을 때였다. 사실 모든 것은 핑계고 더 이상은 살이 찌고 못생겨진 우울한 집순이인 나를 감당하기가 힘들었던 모양이다. 결국 그도 이런 날 견디지 못했다.

이런저런 연애 경험을 거치고 단단히 깨달았다. 무조건 성향이 맞거나 날 이해해줄 정도로 착한 사람을 만나자고. 이러나저러나 실패한다면, 헤어질 때 헤어지더라도 차라리 잘 맞는 쪽과 만나 사귈 때라도 편하게 지내는 게 좋겠다고.

우울한 집순이는 이 세상 그 어떤 일보다도 누워 있는 걸 좋아한다. 뭐 하냐는 물음에 뭉개진 목소리로 “누워 이써.”라고 말하는 것 말고는 딱히 풍부한 대답을 할 수 없다. 만약 여자 친구가 집순이라면 누워 있는 것과 비등하게 좋아하는 게 먹는 것일 가능성이 크기 때문에 활동적인 데이트를 제안하는 것보다 맛있는 걸 먹으러 가자고 꾀어내는 것이 제일 좋다. 이곳저곳 자주 옮기는 것보다 마음에 드는 장소에 오래 머물며 진지한 대화를 많이 나누는 게 좋은 것 같다. 그동안 열심히 누워 있었냐고 물어보면 신나서 고개를 끄덕일 거고 무슨 드라마나 책을 봤는지 물어봐도 좋다.

나의 경우 말수가 없고 헛소리를 자주 해도 좋아하는 것과 관련된 소재에는 할 말이 많은데, 혹시 듣는 사람이 지루해하거나 이해하지 못할까 봐 대부분 말하기를 망설인다. 그래서 상대방이 내가 좋아하는 것에 관한 질문을 많이 해주면 신이 난다. 카페나 술집도 가는 곳만 간다. 주인과 안면을 트면 몇 시간을 있어도 편해서 좋다. ‘당 떨어진다’는 표현처럼 ‘사회성 떨어진다'고 느끼면 급속도로 버거워하는 듯 보이는데 이때가 집에 갈 타이밍이다.

혼자 사는 집순이의 경우 드라마 〈호타루의 빛〉에 나오는 아메미야 호타루처럼 맥주를 잔뜩 사 가거나 그냥 나란히 누워서 같이 뒹굴뒹굴해주기만 해도 세상 행복해할 것이다. 만약 혼자 사는 집에 집순이를 데리고 올 경우 누워 있을 자리를 미리 마련해둔다면 최고의 애인이 될 수 있다. 같이 요리를 해 먹거나 영화를 보거나 술판을 벌이는 것도 좋다. 집에서 할 수 있는 일이라면 어떤 것이든 좋다. 우울해 보이면 맛있는 걸 먹이고 누워서 이야기만 잘 들어줘도 효과적이다.

데이트 빈도는 많아야 일주일에 두 번이다. 생리하기 전처럼 평소보다 우울하고 무기력한 시기에는 일주일에 한 번도 나가기 싫을 때가 있다. 수용 가능한 빈도를 넘으면 데이트가 의무적으로 느껴지고, 그럼 의미를 잃는 경우가 많다. 그렇기에 이런 성향에 잘 안 맞는 상대, 특히 시시때때로 집착하는 상대와는 서로 힘들지 모른다.

"밖에 재밌는 게 얼마나 많은데 왜 집에만 있으려고 해?" "나가서 운동이라도 하면 기분이 밝아질 거야." 등의 말은 삼가는 것이 좋다. 집순이들은 집에서도 할 일이 너무 많다. 예를 들면 미드 보기, 책 읽기, 빨래하기, 청소하기, 인터넷으로 예쁜 거 구경하기, 끄적거리며 자아 성찰하기, 요리하기, 벽지 무늬 관찰하기, 방 꾸미기, SNS 하기, 유튜브 보기, 음악 발굴하기, 반려동물과 놀기, 누워 있기를 초월한 ~~누우우우우워~~ 있기 등 다 기분이 좋아지는 일이다. 너무 많아서 하루 만에 다 할 수 없을 정도다. 밖에 나갈 시간이 없다.

집순이 중에서는 아마 운동을 세상에서 제일 싫어하는 사람이 많을 것이다. 햇볕은 출퇴근하면서 쬐는 걸로 충분하다. 가고 싶은 술집, 보고 싶은 영화나 전시회가 있으면 먼저 가자고 할 것이다. 가장 중요한 건 집순이들이 데이트 말고 집에 있는 것을 더 좋아한다고 해서 당신을 사랑하지 않는 건 아니라는 점이다. 집순이들은 집에만 있는 행위도 유익하다는 걸 당신이 이해하고 공감해주는 것만으로도 굉장히 고마워할 것이다.

그리고 사랑하는 사람이 같이 하고 싶어 하는 게 있다면 당연히 해주고 싶다. 집순이도 놀 때는 아주 잘 논다. 한번 놀 때는 제대로 놀기 위해 작정하기도 한다. 다만 평소에도 활동적으로 바뀌라고 강요하지는 않는 게 좋다. 서로 적당히 타협하는 것이 좋지 않겠는가. 조금 웃기고 억지스러울지 모르지만 모든 계획을 길게 보는 것도 도움이 된다. 예를 들어 집순이 여자 친구와 멀리 여행을 가고 싶다면, 당장 다음 달을 기대하진 말고 '아, 적어도 1년 안에는 갈 수 있겠지.'라고 생각하는 것이다.

나는 이 세상 모든 우울한 집순이(이하 집돌이 포함)를 대변하고 싶었다. 자라면서 "젊은 애가 뭐만 하면 다 귀찮대." 하는 말을 틈만 나면 들었다. 어디 놀러 좀 나가라거나 너무 집에만 있으니까 더 우울한 거 아니냐는 말도 많이 들었다. 그렇지만 나가면 더 우울해지는 걸 어떡하나. 내 자아실현은 집에서 이루어진다.

요즘에야 집순이 이미지가 캐릭터화되고 나쁘지 않게 바뀌었지만, 예전에는 집에만 있고 사회 활동을 별로 안 좋아하는 사람을 '내성적인 인간' '소심하고 음침한 인간'으로 낙인찍는 경향이 있었다. 내가 우울한 만렙 집순이여도 연애를 할 수 있었던 건 내 삶의 방식과 성향을 숨기지 않고 어필한 덕분, 그리고 그 점을 인정하고 존중하는 사람을 만난 덕분이다.

물론 가장 설레는 연애 초기 때의 상대방은 내가 어떤 성격이고 무슨 행동을 하든 다 존중해줄 것처럼 말한다. 그러다 서로 안 맞는 부분이 생길수록 이전의 다짐은 다 잊은 듯 행동한다. 초반부터 선을 딱 그어버리는 것도 좋은 방법이다.

"나는 집순이니까 아무리 하찮아 보여도 누워 있는 걸 뭐라고 하지 말았으면 해."

의기소침해할 필요가 없다. 틀린 게 아니라 다른 성향인 거니까. 강하게 어필하면 언젠가 나타날지도 모른다. 누워 있는 것을 세상 가장 가치 있는 행위라 여기는 상대가.

다들 우울한 집순이가 된 저마다의 이유가 있다. 혼자만의 시간이 누구보다 많이 필요한 사람들이다. 흔히 몇몇 사람은 자신이 생각하는 보통 수준의 사회 활동 빈도를 일반화하듯 정해놓고 그걸 정답처럼 당연시한다. 하지만 집순이에게는 집순이만의 당연한 기준이 존재한다. 감히 누가 서로의 방식과 기준을 틀렸다고 말할 수 있을까?

당신도 '호모 센서티브' 입니까?

몇만 년 전의 지구에는 적어도 여섯 종의 인간이 살고 있었다. 여기에서 이상한 점은 옛날에 여러 종이 살았다는 사실이 아니라 오히려 지금 딱 한 종만 있다는 사실이다. 더구나 이 사실은 우리 종의 범죄를 암시하는 것일지도 모른다.

관용은 사피엔스의 특징이 아니다. 현대의 경우를 보아도 사피엔스 집단은 피부색이나 언어, 종교의 작은 차이만으로도 곧잘 다른 집단을 몰살하지 않는가.

원시의 사피엔스라고 해서 자신들과 전혀 다른 인간 종에게 이보다 더 관용적이었을까? 사피엔스가 네안데르탈인과 마주친 결과는 틀림없이 역사상 최초이자 가장 심각한 인종 청소였을 것이다.

—《사피엔스》, 유발 하라리, 김영사

어렸을 적, 나는 보통의 남자애들이 좋았다. 외모에 끌렸거나 연애하고 싶어서 좋았던 게 아니라 그들이 가진 무심하고 바보 같은 태평함이 신기해서 좋았다. 나는 초등학생 시절부터 자칭 아주 예민한 아이였는데 선생님의 말 한마디, 친구들의 미묘한 눈빛 하나하나에 지나치게 의미를 부여했다. 그런데 몇몇 남자애는 선생님께 혼이 나든 누가 저에게 욕을 하든 그냥 흘려 넘기고 잊어버리는 게 신기했다. 심지어 그들은 서로 욕을 하고 때리며 친해졌다. 몹시도 미지의 존재였다. 그럴 수 있는 그들이 부러웠다.

나는 가족을 포함해 친척 중에도 나처럼 내향적이고 예민하며 사사건건 의미를 부여해 스스로를 괴롭히는 사람이 없다는 것에 혼란스러웠다. 나처럼 자주 우울해하는 사람도 없고 생각이 많아 혼자만의 시간이 늘 필요한 사람도 없어 보였다. 그나마 상성이 맞는다 느낀 사람은 이모부였는데 그리 가까운 친척이 아니라 자주 볼 수 없었다.

아빠는 어릴 때 엄마랑 이혼해서 집에 없었고, 후에 홀로 세상을 떴다. 아빠에 관한 나의 기억은 전무하다. 함께한 추억이 얼마 없기 때문이다. 그리고 오빠는 다운증후군이라 여섯 살 이후로는 대화 상대가 되지 못했다. 생활이 고단했던 엄마는 나의 정신적인 성장에까지 신경 쓸 겨를이 없었다. 엄마는 별것도 아닌 고민을 자주 하는 나에게 성격이 참 특이하다, 쓸데없는 고민이 너무 많다 등의 말을 했는데, 그런 말을 들을 때면 정말 내가 이상한 아이인 것 같았다. 대화가 잘되지 않는 경험이 고통스러워 어차피 이해받지 못할 거 그냥 입을 다물어 버리자고 마음먹었다. 나로 인해 더 부담을 주고 싶지 않았다.

나는 내가 무언가를 말했을 때 상대방이 귀담아듣지 않는 걸 보는 게 참 싫었고, "그건 네가 잘못한 거야." 같은 말을 듣는 게 무서웠다. 본능적인 두려움이었다. 일단 참으면 상처받지 않아도 되니까. 그래서 학교에서 담임한테 따귀를 맞아도, 길에서 성기를 주물럭거리며 말을 거는 아저씨를 만나도, 같은 반 남자애에게 머리를 맞고 발로 배를 걷어차여도 아무 일도 없는 척했다. 머리로는 이 모든 게 너무나 이상하고 옳지 않은 일이란 걸 알았는데, 달리 말할 곳이 없으니 속으로 앓기만 했다. 가족에게 고민 상담을 하고 정신적으로 의지하는 친구들을 보면 신기하기도 하고 부럽기도 했다.

친구들과도 진심으로 어울리기 힘들었다. 학창 시절 친했던 친구들이야 있지만 마음이 완벽히 이어졌던 친구가 있었냐 하면 잘 모르겠다. 드문드문 떠오르는 과거의 편린 속 나는 늘 혼자거나, 누군가와 함께 있어도 자주 동떨어진 기분을 느끼는 꽤나 신경질적인 아이였다.

일단 첫인상부터 문제였다. 나는 키가 작고 실제 나이에 비해 많이 어려 보이는 외모를 가졌다. 이야기를 해보면 생각하는 게 그들과 똑같거나 애늙은이 같다는 평을 많이 듣는데 입을 다물면 가끔 상대가 나를 만만히 대하는 게 느껴졌다. 아무리 진지하게 말해도 전하려는 무게의 절반밖에 전달되지 않는 것 같았다. 무례한 대우를 자주 겪다 보니 늘 '저 사람도 내 외모만 보고 날 깔보겠지.' 하는 피해의식이 자동으로 뇌리에 탑재됐다. 다시 태어난다면 비욘세로 태어나고 싶었다. 콤플렉스 때문에 쌀쌀맞게 다녔더니 어느 순간 '시크한 애'가 되어 있었다.

문화 취향이 맞는 친구도 거의 없었다. 내가 좋아하는 음악을 듣지 않거나 내가 재미있게 본 책과 영화를 보지 않은 사람에게 나만 아는 이야기를 할 순 없었다. 내가 가진 고민을 갖지 않은 사람에게 나를 드러낼 수 없었다. 그렇게 사람과의 대화가 언제나 재밌을 수만은 없다는 걸 깨달아갔다.

고등학생 시절에는 첫 남자 친구와의 연애 이야기를 할 친구가 없어서 꽤나 외롭고 답답했다. 그 애와 몇 달 사귀고 헤어져 침대에서 펑펑 울 때까지 룸메이트들은 내가 진지한 연애를 하는 줄도 몰랐을 것이다. 공부도 힘든데 인간관계까지 힘들고 싶지 않아 생각 없이 다녔더니 간혹 나를 바보 취급 하는 아이도 있었다. 나는 굉장히 소심하고 쪼잔해서 몇 년이 지난 지금도 나를 막 대한 아이들의 얼굴과 이름을 다 기억한다.

성인이 되어서는 여러 사람과 사귀고 멀어지고를 반복했다. 친해져도 각자의 사정으로 금세 멀어지는 게 안타까워 끝까지 나와 이어질 사람이라 판단되지 않으면 곁을 내주고 싶지 않았다. 20대 중반으로 넘어가 사회생활을 시작하면서는 자주 만나는 사람이 한정되니 오히려 편했다. 새로운 사람을 만나 식견을 넓히는 경험이 필요하다 생각은 하지만 전보다 부쩍 다가가기 망설여졌다. 결국 예나 지금이나 외로운 건 똑같다.

세상에는 유독 남보다 예민하고 외로움을 잘 타는 사람이 있다. 나에게는 힘든데 남들에겐 아무렇지 않은 일이 너무 많기에 그들은 주변 사람에게 잘 이해받지 못한다. 나만 이런 걸까? 내가 잘못된 걸까? 이렇게 생각하는 빈도가 많아 자연히 우울해지고 소수가 되기 쉽다.

특히 어린 시절 가족의 무조건적 지지 혹은 풍부한 자원과 함께 자라지 못한 내향적이고 감정적인 사람일수록 자기 자신을 이해받을 장소에 일상적으로 노출되지 못해 더욱 내면으로 파고들게 된다. 가족과 성향이 충돌하면 집과 사회 어디에서도 편할 수 없으며, 부담 갖지 않고 꿈과 감성을 펼칠 자본 없이 밑바닥부터 생계를 꾸려야 할 경우 마음이 소진되어도 멈추지 않고 노동을 해야 한다. 안팎으로 누구에게도 이해받지 못하는 상황이 이어지면 화살의 방향을 자신에게로 돌리고, 방문을 닫고, 세상 밖으로 쉬이 나오지 못하게 되는 것이다.

우리가 추구하는 꿈, 예컨대 절대적인 평화와 친절, 아름다운 배려가 넘치는 이상적인 세상은 픽션 안에나 등장한다. 마치 눈에는 보이지만 잡히진 않는 뜬구름 같다. 곧 현실의 인간 사회는 또 하나의 야생임을 체감한다.

따라서 우리에게 가장 필요한 건 최대한 자신을 이해하고 정신적인 지지자가 되어주는 동료다. 그런 역할을 해줄 가족,

애인, 친구를 만나야 한다. 그렇지 않으면 감정적 동요를 쉽게 받지 않는 사람에 비해 사회 안에 섞여 살아가기 힘들다. 정신적 생존, 즉 건강한 정신으로 살아내기가 비교적 어려운 것이다.

세상은 우울하면 약을 먹고 상담을 받고 이겨내라고, 그저 밖으로 나가 용기를 갖고 살아가라 한다. 하지만 상투적이고 정석 같은 조언에 밖을 나갔다가, 결국 또 상처받고 돌아와 무기력하게 이불 속으로 들어가고 만다.

나의 고민을 이해하지 못하는 폭력적인 환경과 여러 차례 부딪힐수록 우울은 심화되고 타인이 점점 더 무서워진다. 그럴수록 진짜 나를 이해하고 알아주는 사람과의 진정성 있는 대화가 그리워진다. 하지만 이해받지 못할까 봐 쉽게 마음을 열 수 없는 경우가 반복된다.

사람들은 나에게 "너는 참 강한 아이구나."라고 말했다. 무슨 일이 있었고 어떻게 버텨냈는지 이야기를 나누기 전에 보이는 면만 보고 판단했다. 내가 손에 넣은 것은 다 참고 구르고 깨지면서 얻은 것인데 그걸 모르는 사람은 단편적인 면만 보고 나를 정의했다. 어느 순간 나는 외유내강에 시크하고 야무진 인간이 되어 있었다. 하지만 실제로는 정반대다. 나는 외유

내유에다 센서티브하고 흐물흐물하다. 아주 연약하고 쉽게 힘들어하는 인간일 뿐이다.

정말이지 타인과 대화하고 깊은 관계를 맺고 나 자신을 온전히 드러내는 일에 본능적으로 서툰 것 같다. 상대가 가진 추악하거나 이기적인 면모 등에 민감해서 내가 상대하는 사람이 어떤 사람인지 집요하게 파악하려고 한다. 옳지 않은 건 바로잡아야 하고 나를 질책하거나 비난하는 소리를 견디지 못한다. 괜찮은 사람이라 생각되어 친하게 지내다가 그 사람의 무례한 면을 보는 게 힘들고, 그것 때문에 멀어지는 것도 남들보다 받아들이기 힘들어하는 것 같다. 그래서 책이나 영화나 드라마나 게임 같은 것에 빠져들면서 늘 현실과 조금은 거리를 두면서 살아간다.

그러다 유발 하라리의《사피엔스》라는 책을 읽었다.《사피엔스》를 읽으면 오늘날 사서 고생하고 스트레스받는 인간 사회가 언제부터 시작됐는지 알 수 있다. 또한 현대를 살아가는 인간의 잔혹함과 이기심이 사실은 호모 사피엔스라는 종족의 본질적인 특성이라는 것을 깨달을 수 있다. 인간도 개나 고양이와 마찬가지로 그저 동물의 한 종이다. 단순한 사실이지만 객관적인 눈으로 들여다보니 그렇게 새로울 수 없었다.

지구를 지배하는 최고 종족으로 자리매김한 호모 사피엔스의 역사와 정체를 알게 된 순간, 문득 이런 생각이 들었다. 이렇게 호모 사피엔스 속에 제대로 섞이지 못하는 나는 사실 뭔가 다른 종족이지 않을까? 그들의 공동체 속에 자연스레 어울리면서도 항상 그들에게 화가 나고 이질감을 느끼는 나는 사실 생물학적으로 그들과 다른 특성을 가진 게 아닐까? 물리적으로 아무런 위협을 받지 않아도 때때로 사람으로 인해 불안하고 불편함을 느끼는 나처럼 '예민한' 사람들은 사실 호모 사피엔스가 지구의 지배자로 군림하기 위해 무리를 만드는 과정에서 필요 없다고 판단해 버린 자들의 성격을 아주 조금씩 물려받은 건 아닐까 생각했다. 아니면 그냥 돌연변이거나.

그리하여 전설과도 같은 가설을 세워보기로 했다. 호모 사피엔스가 점령한 지구에 사실은 예전부터 '호모 센서티브'라는 희귀종이 섞여 살아가고 있다는 설, 그들은 호모 사피엔스가 이룩한 현대사회에 은밀하게 숨어 있다. 그중 일종의 각성을 거쳐 '호모 베리베리 센서티브'가 된 자도 있지만 드물다. 호모 센서티브는 호모 사피엔스가 우울증, 대인 기피증 등이라 일컫는 증세를 생물학적으로 내재한다. 대부분의 호모 센서티브는 자기가 호모 사피엔스인 줄 알고 살아간다. 심지어 그들은 동족도 알아보지 못해 간혹 서로를 공격하기도 한다.

이와 같은 가설을 세우고 나니 내가 사회 속에서 생활하며 느끼는 시시콜콜한 예민함이 이상하고 특이한 게 아니라 어쩔 수 없는 내 종족의 특성일지도 모른다는 생각이 들었다. 이는 딱히 고칠 필요가 없으며, 어쩌면 예민하지 않은 호모 사피엔스가 느끼지 못하는 것을 느낄 수 있는 특별한 능력일지 모른다고. 그러니 자책하고 자조하기보다 그 능력을 자랑스러워하며 바람직하게 활용하는 게 맞을지 모른다고.

이렇게 자존감을 회복한 나는 스스로 호모 센서티브설을 맹신하게 되었다. 나는 분명 나와 같은 사람이 이 세상에 나만 있는 게 아니라는 걸 안다. 그중에는 우리가 가진 이 예민함을 특별한 능력이라고 생각하지 않아 힘들어하는 사람이 많다.

호모 센서티브는 예민한 덕분에 타인의 미세한 감정 변화를 좀 더 빨리 캐치한다. 따라서 남들보다 배려하는 따뜻한 사람이 될 수 있다. 또한 옳고 그름을 더 잘 판단할 수 있고, 자기 성찰을 많이 하여 세월이 흐를수록 점점 올곧은 사람으로 성장할 수 있다. 나에게 맞는 인간상과 그렇지 않은 인간상을 쉽게 가려내니 좀 더 진실하고 밀도 있는 인간관계를 꾸려갈 수도 있다.

물론 세상의 부조리에 민감하게 노출되어 머리 아픈 날이 많겠지만, 그렇기에 더 나은 세상을 만드는 데 누구보다 앞장서서 목소리를 낼 수 있다. 생각해보니 예민하다는 건 단점만 있는 게 아니었다. 누구에게나 좋은 면과 나쁜 면이 있으니 인간은 더 입체적이고 신비로운 존재 아니겠는가?

대화의 나르시시즘을

조심 하세요

; 지금은 나 스스로 감정 다스리는 법을 어느 정도 터득했지만, 한창 우울이 낯설 무렵 나에겐 누군가의 조언이 필요했다. 처음 느껴보는 좌절감, 무기력감, 절망감. 좋아하는 사람이나 친구 이야기는 잘만 하면서 내가 가진 진짜 고민은 입 밖에 꺼낼 수 없었다. 누군가에게 말을 하려고 해도 어딘가 벽에 부딪히는 느낌이 들거나 소용없다는 생각이 들었다. 우울은 연애나 우정보다 지루하고 무거운 소재였기 때문이리라.

용기를 꺼내 말해도 나와 상황이 완전히 같지 않은 사람에게는 100퍼센트 다가갈 수 없었다. 나를 철없고 나약한 인간이라 생각하는 사람이나 자기 고통에 빠져 타인의 고통을 얕보는 자에게 이야기해봤자 더 상처 입을 뿐이었다. 내 정신 상태를 완전히 오픈할 만큼 신뢰 가는 친구도 없었고, 애인에게도 이해받지 못했고, 설상가상 상담 센터의 상담자에게도 심한 말을 듣고 뛰쳐나오다시피 했으니 답이 없었다.

그저 모든 것을 잠시 묻어두고 인간 심리를 진중히 다루는 영화를 보며 스스로 다독일 수밖에 없었다. 학교에서 내 전공도 아닌 심리학 수업을 듣고, 좋아하는 카페에 가서 강아지를 쓰다듬고, 잠들기 전 향초를 켠 뒤 글을 쓰는 것. 굳이 누군가의 기나긴 조언이 없어도 맘을 위로하는 것이 제법 많았다. 현실 세계의 조언들은 너무 뻔하거나 도리어 뼈아플 때가 있었기에 영상이나 텍스트로 위로받는 것으로 족했다.

나는 누군가에게 조언한다는 것에 관해 생각해보았다. 왜 타인에게 적절한 조언을 하는 것은 어려울까? 단순히 서로 가치관이 달라서? 인간은 어쨌거나 자기 안위가 가장 우선이기에 타인을 신경 쓸 여력이 없어서? 하지만 사람은 언제나 사람을 통해 구원받지 않던가.

왜 같은 고민을 이야기하는데도 사람마다 반응은 천차만별일까? 누군가에게 조언을 해줄 때 좋은 태도는 무엇이고 나쁜 태도는 무엇인가? 나는 그동안 다른 사람과 대화하며 겪어온 난감한 경험을 토대로 세 가지 결론을 내릴 수 있었다.

'나라면 안 그럴 텐데'의 함정

다른 사람의 고민에 조언할 때는 첫째, '나라면 안 그럴 텐데'의 함정을 조심해야 한다. 흔히 나라면 안 그래, 하며 상대방의 행동이나 생각에 핀잔을 주는 사람이 자주 보인다. 나는 나라면 '정말로' 다르게 행동할 것 같은 상황이 아니라면 타인에게 충고해선 안 된다고 생각한다. 본인도 똑같은 상황이 되면 바보처럼 멍하니 있을지 모르는데 남한테만 똑바로 하라고 하는 건 내로남불과 다를 것 없기 때문이다.

최근 즐겨 보는 웹툰에서 한 커플에게 갈등이 생겼다. 결혼을 앞둔 커플이었는데, 갈등이 생기자 남자 쪽이 대화를 회피하며 갈등을 부채질하는 내용이었다. 내가 주목한 건 댓글이었다. 독자들은 두 가지 인간 유형을 이야기했다. 문제가 생기면 바로 그 자리에서 해결하는 유형과, 이와 반대로 문제를 바로 해결하지 않고 묻거나 회피한 뒤 혼자 결론을 내리는 '회피형'. 댓글 창에는 회피형 인간은 피곤하니 관계에 문제가 있으면 바로바로 대화로 풀라는 의견이 많았다.

나는 왠지 우려가 되었는데, 그들의 의견이 틀려서가 아니라 살면서 문제를 그 자리에서 바로 풀기 위해 대화를 시도하고 감정을 표현하는 사람을 만나본 기억이 얼마 없기 때문이었다. 어쩌면 사람들은 자기는 잘 못 하지만 타인은 해주었으면 하는 행동을 댓글이나 좋아요로 제시한 건 아닐까.

감정은 표현하며 사는 게 좋다는 가치관을 가진 나조차 누군가와의 갈등을 해결하기 위해 바로 나서본 기억이 많이 없다. 많은 경우 회피하거나, 갈등을 해결하고 관계를 이어봤자 득 될 게 없을 것 같다고 판단해 다 접고 도망치는 쪽에 가까웠다. 그래서 예전에는 답답하게 구는 친구가 있으면 도망치지 말고 맞서보라고 충고했다면 요즘은 그러지 않는다. 나도 못 하는, 혹은 못 할 것 같은 일을 어떻게 타인에게 하라고 말할 수 있는가. 게다가 생각이 정리되지 않은 채로 무턱대고 화를 쏟아내다가 상처 주는 말을 내뱉는 건 그야말로 꼴불견이다. 적절한 회피는 내 감정을 차분히 다스리기 위해서라도 가끔 필요하다. '나라면 안 그래'가 '나 같아도 그럴 것 같아'로 변하기 시작하면서, 나는 인간관계의 난이도를 새삼 체감하고는 한다.

대화의 나르시시즘

타인에게 조언할 때 두 번째로 고려해야 할 점은 '대화의 나르시시즘(자기애)'을 염두에 두는 것이다. 대화의 나르시시즘이라는 개념은 보스턴대학교의 사회학 교수 찰스 더버가 처음으로 발표했다. 흔히 누군가 고민을 이야기할 때 '나도 그래. 나는…' 하는 식으로 은근슬쩍 자기 이야기로 넘어가는 사람이 있는데 그들이 바로 대화의 나르시시즘에 빠진 자들이다. 상당히 피곤하고 말 걸기 싫은 유형이나, 생각해보면 다수의 사람이 이런 식으로 대화를 이어간다.

이와 관련해 영화 〈소공녀〉를 보면서 반성했다. 물질적으로는 빈곤하지만 마음만은 풍족한 주인공 미소는 잘 곳이 없어 노숙해야 할 판인데도 제 앞에서 우는 친구들의 이야기를 차분히 들어주며 말한다. "너 힘들구나." "같이 담배 한 대 피우자!" 그런데 친구 중 누군가가 미소의 이야기를 진지하게 들어주는 장면은 딱히 기억나지 않는다. 미소는 오히려 내내 민폐처럼 그려진다. 그래서 나는 이 영화가 참 무서웠다. 집 없는 사람도 '너'를 생각하는데 그들은 뭐가 부족해서 '나'를 말할까. 그건 그들이 미소보다 불행했기 때문이다.

자기 연민을 느끼는 자는 대화의 나르시시스트가 되기 쉽다. 어떤 대화에서도 무의식적으로 '근데 나는…'을 시전하는 자는 그만큼 관심이 필요한 사람이다. 고민을 들어주는 사람도 어쨌든 사람이라서 관심받고 이해받고 싶어 하니까 섣불리 타박할 수는 없다. 문제는 언제 어디서나 자신만 주목받고 싶어 하는 사람이다. 대화에도 양보가 필요한 법이다.

내 말에 묻어 있는 나르시시즘 여부를 떠나 나는 몇 년 전부터 대화의 나르시시즘에 빠진 자를 피했다. 별거 아닌 듯 보여도 대화의 나르시시스트는 나를 우울증에 빠지게 할 정도로 강력했다. 그들은 아주 손쉽게, 단기간에 나를 외롭게 만들었다.

대화의 나르시시스트가 가진 가장 큰 특징은 악의가 없다는 점이다. 그리고 본인은 자기 말로 상대방을 위로하고 있다고 생각한다. 악의가 없으며 본인이 자각하지도 못하기 때문에 "너는 참 기승전 '나'구나!" 하며 핀잔을 주기도 뭐하다.

그들은 스스로 자각하지 않는 이상 버릇을 쉽게 고치지 못한다. 자각을 하고도 고치기 힘든 게 대화의 나르시시즘이다. 내 이야기는 이제 그만해야지 다짐해도 정신을 차리면 "근데 나는…"이라 말하는 자신을 발견한다. 이게 수차례 반복되면 간혹 실수를 하고 은연중 상대방을 실망시킨다. 한번 상대방이 대화의 나르시시즘에 빠져 있다는 것을 실감하면 관계의 기반이 흔들리고 그러다 보면 외로움이 잘 사라지지 않는다.

나는 이를 방지하기 위해 두 가지를 마음에 아로새겼다. 우선 나에게 진지한 고민을 말하는 사람에게 필요한 건 누가 더 힘든지 비교하는 남 이야기가 아니라 그저 관심이라는 것. 그들에게는 "아, 그랬구나. 너 되게 힘들었겠다." "너는 어떻게 하고 싶어?"처럼 '나'가 아니라 '너'가 들어간 말이 필요하다.

다음으로 마음에 새긴 건 상대방이 자기 말을 할 수 있게 대화를 이끌어야 한다는 것. 최근 친구와 나눈 대화를 예시로 들어본다.

너: 이제 그 친구들한테는 깊은 이야기를 할 수가 없어.

나: 그 이유가 뭐라고 생각해?

너: 점점 살아가는 환경이 달라서 공감대가 변하는 것 같아. 그 친구들은 서로 ○○에 관한 이야기를 하는데 이해도 안 되고 공감도 잘 안 가.

나: 그렇구나. 그럼 네가 깊은 이야기를 할 수 있는 사람은 누가 있어?

너: 음, A가 있고 B도 있고 또 C도 있고… D는 완전히는 아

년데 어느 정도는 돼.

나: 그 사람들한테는 어떤 이야기를 할 수 있어?

너: 내가 좋아하는 △△나 ㅁㅁ에 관한 거?

나: 그런 이야기를 할 수 있는 친구를 더 많이 만나야겠다.

위 대화에서 '나'는 '너'에게 맞장구를 치는 것과 동시에 스스로 처한 상황을 객관화할 수 있게 도와준 뒤 넌지시 해결책까지 알려준다. 물론 늘 이런 이상적인 대화를 하는 것은 어려울 것이다. 나는 몇 차례 다짐해도 종내에는 조언이 아니라 설교나 자기소개를 해대는 자신을 발견한다. 이래서 상담에 공부가 많이 필요하구나 싶었다.

진심과 우월감 구분하기

타인에게 조언할 때 세 번째로 고려해야 할 점은 내가 하려는 말에 따뜻한 진심과 공감이 담겼는지, 아니면 알량한 우월감과 안도감이 담겼는지 구별하는 것이다. 전자는 조언이 될 수 있지만 후자는 상처가 될지 모른다.

한 온라인 커뮤니티에 공감을 이끌어낸 글 하나가 있었다. 글쓴이는 "내향적이고 소심한 사람은 성격 쿨한 사람들이 조언하며 우월감을 느끼기에 아주 좋은 상대"라고 주장했다. 이어 누구나 다 아는 겉치레 같은 조언을 하며 "나는 그러지 않아서 다행"이라고 안도감을 느끼는 사람은 자신에게 조언을 하지 말았으면 한다고 말했다.

흔히 혼자 있을 때 내면으로 자주 침잠하는 사람은 비교적 고민이 많은 편이다. 누가 보면 정말 쓸데없이 감정 낭비를 많이 하는구나 할 정도로 심할 때가 있다. 그럴 때 주로 듣는 말은 대개 "속으로만 생각하지 말고 말을 해." "그냥 가볍게 생각해봐." 등 일반적인 조언인데, 사실 이게 되면 고민을 시작하지도 않았을 것이다. 사람이 로봇처럼 쉽게 프로그래밍될 수는 없는 노릇 아닌가. 상대방의 성향을 간과한 채 자신이 가진 기준과 배경만 따라서 조언하는 건 안 하느니만 못하다.

직관이나 감정이 논리보다 발달한 사람은 상대방의 표정이나 말투에 드러나는 미묘한 변화를 직감적으로 캐치한다. 누구나 할 수 있는 뻔한 말로 나의 고민을 넘기고 금세 대화 주제를 바꿔버리는 사람에게서 약간의 동정과 비웃음, 안도감, 우월감 등이 언뜻 비치면 자기 스스로가 무척 초라하게 느껴진다.

그러니 자신의 말이 상대방을 진심으로 걱정해서 건네는

말인지, '나는 이러지 않아서 다행이다.' '얘보다는 내가 나은 것 같아 다행이다.'라고 안심하며 답답한 상대방의 모습을 지적하고 개조하려는 말인지 생각해볼 일이다.

혹자는 프로불편러도 아니고 듣기 싫은 소리가 싫다면 애초에 고민을 말하지 않으면 되지 않느냐고 할 수도 있겠다. 하지만 그렇게 말하는 사람 중 평생 남에게 고민 상담을 하지 않고 살아갈 사람이 있을까? 사람은 사회화된 동물로 죽을 때까지 서로 상호작용을 한다. 누구나 한 번쯤은 고민을 들어주기도 하고 상담도 할 것이다.

이야기를 잘 들어줄 때 상대방이 느끼는 고마움이 아주 큰 것처럼 고민을 받아주지 않고 멋대로 조언했을 때 초래되는 슬픔도 상당히 크다. 우리는 누구나 좋은 사람, 착한 사람이 되고 싶다. 말 한마디가 만들어내는 위력을 생각했을 때 좋은 조언이란 훌륭하면서도 효율적인 심리적 선물이다.

쿨해지기

영역

1등급

; 고등학교 1학년 1학기 초, 영어 수업 때였다. 팀끼리 특정 주제에 관한 마인드맵을 만드는 과제가 주어졌다. 모든 단어는 영어로 써야 했고, 나는 팀원들이 부르는 단어를 받아 적는 역할을 맡았다. 본격적으로 수능을 준비하기에는 이른 시기였기에 내 영어 성적은 형편없었다. 팀원 중 하나가 "사이언스(Science)"를 말했는데 갑자기 스펠링이 떠오르지 않았다. 내가 's'까지만 쓰고 버벅거리자 옆에 있던 남자애가 짜증을 내더니 종이와 펜을 빼앗아갔다.

물론 그 애는 자신이 그런 행동을 했다는 것을 전혀 기억하지 못할지도 모른다. 하지만 나는 자존심이 상해버렸다. 당시만 해도 누군가에게 지기 싫어하는 성격이었기에 그때부터 필사적으로 영어 공부를 하기 시작했다. 아침마다 방송되던 영어 듣기 연습도 꼬박꼬박 하고 쉬는 시간마다 단어장을 펼쳐서 단어를 외웠다. 어느 날은 반에서 항상 1등을 하던 애가 그런 날 격려하며 모르는 게 있으면 언제든 물어보라고 말할 정도였다.

엄마가 봤다면 "죽은 네 아빠가 딱 그리 독종이었지."라고 말할 게 분명했다. 나의 생물학적 아버지는 볼링 내기에서 지면 밤새도록 볼링장에서 볼링을 연습하는 유형의 사람이었다고 한다. 내가 가진 승부욕은 어느 정도 유전적인 면이 있지만, 아무튼 이 사이언스 사건이 없었다면 언제 수능 영어 공부를 본격적으로 시작했을지 모르겠다. 나중에는 나에게 짜증을 냈던 그 애에게 고마웠다.

수능은 내 인생에 너무나 강렬한 기억으로 남았다. 나는 어려운 일이 있을 때마다 고등학교 시절을 회상한다. 사이언스의 스펠링도 헷갈려 하던 열일곱의 내가 끈질기게 공부해서 성적을 올린 것처럼 어떤 서툰 일도 3년간 끈기 있게 반복하면 원하는 결과를 낼 수 있다는, 마치 자기 계발서 같은 희망찬

믿음을 갖게 되었다.

하지만 세상일은 정량적인 연습만으로 쉽게 되지 않는 것 투성이였다. 몇 년을 노력해도 안 되는 게 있다면 신경 쓰고 싶지 않은 것을 신경 쓰지 않는 일이었다. 멀티태스킹으로 뇌의 주의력을 떨어뜨리지 않는 이상 한번 마음에 걸린 일을 쉽게 떨치기가 힘들었다. 영어 단어야 외우고 외우면 된다지만 누군가와 싸우고 나서 금방 잊어버리거나 감정의 골을 메우지 않고 없던 일인 척하는 건 연습부터가 불가능했다. 승부욕을 불태우기엔 측정되지 않는 능력인지라 이기고 진다는 개념을 끌어올 수도 없었다.

상사에게 못된 말을 들으면 그 상사가 눈앞에서 사라지지 않는 한 계속 고통받았다. 그 사람이 보낸 메시지를 퇴근길에 읽고 또 읽으며 이 사람은 왜 이렇게 말투가 날카로울까, 왜 내 실수로 벌어지지 않은 일을 내 잘못이라고 몰아세울까, 쓸데없는 고민을 계속했다. 엄마랑 싸우면 난 왜 엄마와 커뮤니케이션하기가 어려울까 고민했다. 함께 일하는 사람과 트러블이 생기면 대화를 복기하며 굳이 그렇게까지 말하지 않아도 됐을 텐데 하고 후회했다. 친구의 표정이 안 좋으면 내가 무슨 말실수를 했나 고민하느라 잠들지 못했다.

이미 벌어진 일에 관해, 무언가 명쾌한 해결책을 내고 이를 따르지도 않을 거면서 그저 돌아보기만 하는 버릇. 분명 나만 가진 버릇은 아닐 거라고 생각한다. 어쩌면 바로 이런 게 극내향인의 숙명 같은 성향일 것이다. 외부의 돌발적인 자극에 쉽게 영향받고 쉽게 에너지를 빼앗기는 내향성, 타인의 감정을 불필요하게 상상하고야 마는 상상력, 거기에 더해 논리적으로 설명할 수 없는 그런 미묘한 불편함을 안고 끙끙거리는 예민함까지 갖춘 우리들은 필연적으로 고통받을 수밖에 없는 운명을 타고났다.

지나치게 뒤를 돌아보지 않는 것에도 적절한 훈련이 필요하다고 생각했다. 선천적으로 타고난 한계가 있지만, 약간의 노하우만 알면 후천적으로 조금이나마 타파할 수 있지 않을까? 하지만 어떻게? 방법을 알아낸다고 해도 과연 내가 해낼 수 있을까?

확실히 효과가 있는지는 모르겠지만 사람을 향한 기대를 줄이는 것이 한 방법인 것 같다. 내가 상대를 생각하는 만큼 상대는 나를 생각하지 않는다는 사실을 자각하는 것이다. 살면서 내가 상대를 생각하는 만큼 상대가 나를 생각하는 것을 체감한 경우가 극히 드물다. 인간관계에서 많은 경우 짝사랑을 하는 느낌을 지울 수 없었다. 상대가 나에게 날카로운 말을 하면 대개 '아, 내가 저 사람 기분을 많이 상하게 했나?'라고 생각하지만 실상 상대는 아무 생각이 없을 확률이 절반 이상이다.

우리는 동일한 자극을 받아도 남들보다 배는 강하게 인지하는 섬세한 존재라는 사실을 끊임없이 상기해야 한다. 그저 스치듯 지나간 타인의 말 한마디, 표정 하나 때문에 고통스럽게 뒤를 돌아보며 울부짖는 상황은 누구도 의도하지 않았다. 잔인하지만, 고민하는 내 마음을 먼저 알아주고 다가올 사람은 없다는 사실을 깨닫자. 지나간 메시지를 읽고 누군가를 책망해봤자 나보다 예민하거나 생각이 많은 사람은 흔히 없기에 어차피 아무도 눈치채지 못할 것이다. 그럼 모든 것이 허무해지며 인생무상 상태가 된다.

또 다른 방법은 결국 나는 실질적으로 아무 행위도 하지 않을 거라는 사실을 인정하는 것이다. 지나간 대화를 회상하며 후회하거나 분노해도 나는 상대에게 이에 관해 말하지 않을 것이 분명하다. 아니, 말할 수 없다. "내 행동이 당신을 어떤 면에서 어느 정도로 불쾌하게 했을까요?" 그런 걸 거리낌 없이 물어볼 수 있는 성정이었다면 애초에 고민을 시작하지도 않았을 것이다. 만약 그런 질문을 한다고 해도 상대에게서 돌아올 반응이 "뭐?"일 확률이 역시 절반 이상이다.

세 번째 방법은 꽤 효과적인데, "넵!" 스킬을 시전하는 것이다. 액티브 스킬 "넵!"은 단 한 마디의 대답임에도 불구하고 몹시 강력하다. 만약 회사 일을 하던 중 내가 실수를 했거나 혹은 남이 실수를 해서 상사의 기분이 나빠졌고 내가 화풀이를 당했다. 그냥 "넵!" 하고 수습하거나 넘어가면 된다. 만약 누군가와 대화하던 중 나의 가치관에 맞지 않는 잔소리를 듣게 되었다. 어차피 수용하지 않을 내용이라면 한 귀로 듣고 한 귀로 흘리면서 머릿속으로는 귀여운 강아지를 떠올리고 입으로는 "네, 네!" "그렇군요." "응." 하고 대답한다. 그럼 조금은 타격을 덜 받을 수 있다. 그리고 정말로 은근히 뒤에 가서 생각이 잘 안 난다. 하도 이 스킬을 자주 활용했더니, 요즘 나는 이런 말을 참 자주 듣게 되었다. "대답은 참 잘해."

이도 저도 적용하기 어려울 때 활용하는 마지막 방법이 있다. 바로 모든 인간을 앞뒤가 뚫린 빨대라고 생각하는 것이다. 어느 날 친애하는 대학 친구 하나가 인간은 앞과 뒤가 뚫린 게 꼭 빨대 같다며, 그 생각을 떠올리고 너무 웃겨서 잠을 못 잤다고 말했다. 차에 탄 빨대, 커피를 마시는 빨대, 화를 내는 귀여운 빨대. 놀랍게도 그 치환법은 어느 정도 효과가 있다.

혹자는 나이를 먹으면 자연히 해결될 거라고 말했다. 관심 대상이 나의 아이나 가족으로 확 좁아지면 신경이 가는 대상도 한정되기에 훨씬 나아질 거라고. 그 말도 일리가 있다. 과연 정말 그렇게 될 수 있을까? 시간이 지나면 자연스럽게 이런 상념 속에서 벗어날 수 있는 걸까? 그렇게 마음이 안정되면 왜 이렇게 고통스러운 인간관계 속에서 살아가야 하는지 궁금해하지 않게 될까? 모든 것이 지금보다 훨씬 단순해져서 내 아이가 언제 어른이 될까, 나는 언제쯤 손주를 볼까, 그 손주가 언제 커서 결혼을 할까, 이런 것만 고민하는 시기가 올까? 그런 건가. 허무함에 빠지지 않기 위해 사람은 가족이란 공동체를 이루고 자손을 퍼뜨리는 건가. 그래서 DNA에 번식 본능이 새겨져 있는 건가.

퇴근길, 빌딩에서 우르르 쏟아져 나와 횡단보도를 걸어가는 직장인들을 본다. 오늘도 열심히 살아 호흡하며 굉장한 일을 해내고 귀가하는 멋진 빨대 제군. 무표정 일색인 그들은 저녁으로 뭘 먹을까, 버스에 앉아서 갈 수 있을까 고민하는 게 분명하다.

아, 그러고 보니 오늘 작은 커뮤니케이션이 있었지. 동료분이 업무 피드백을 해줘서 내가 뭐라고 답했던 것 같은데 어땠

더라. 혹시 예의 없게 답장한 건 아니겠지. 다시 읽어볼까? 곰곰이 고민하며 휴대전화를 꺼내다가 잠시 입꼬리를 씰룩인 뒤 다시 가방에 넣었다. 뭘 또 신경 쓰고 있는 거야.

이렇게 조금씩 뒤돌아보지 않는 훈련을 한다. 쿨해지기 영역 1등급을 위해.

저사막

위의

선인장
처럼

나는 또

먹겠지,

왜 사는지도

모르면서

; '먹고살다'는 살아간다는 것을 의미할 때 한 단어로 붙여 쓴다. 각각 다른 뜻을 가진 '먹다'와 '살다'가 '먹고살다'로 합쳐진 건 예부터 생을 이어간다는 뜻으로 두 단어를 관용적으로 붙여 썼기 때문일 것이다.

자취하기 전에는 먹는 것에 그리 관심이 많지 않았다. 굳이 장 봐서 요리하지 않아도 굶을 일은 없었으니까. 자취를 시작하고서는 매번 끼니를 해결하는 게 너무 귀찮았다. 오늘은 또 뭐 먹지 고민하는 게 지겨워 집 앞 샐러드집에 정액권을 끊고 매일 포장해 와서 먹자고 생각했다. 하루는 목살, 하루는 훈제 연어, 하루는 닭가슴살, 하루는 구운 채소. 매번 토핑을 바꿔 먹었지만 인간은 풀때기만 먹고 살 수는 없는 존재였다. 곰이 100일간 쑥과 마늘을 먹고 인간이 된 건 그럴 만한 자격이 있기 때문이다. 아니, 그건 기적이다. 인간이 된 것보다 확실히 그게 더 기적이다.

생존 전쟁은 이어졌다. 할 줄 아는 요리는 얼마 없고 고기는 비싸고 쌀은 떨어져가고 냉장고엔 먹다 남은 애호박 덩어리뿐이었다. 3일 동안 애호박만 볶아 먹었다. 예전 같았으면 절대 먹지 않을 채소인데…. 갑자기 맛있어졌다.

내가 외식비를 아껴 돈을 절약하는 타입이라면 전에 사귀었던 남자 친구는 한 달 생활비의 대부분을 밖에서 맛있는 것을 먹는 데 썼다. 그는 오직 하루에 한 번 맛있는 것을 먹기 위해 돈을 벌고 싶다고 했다. 돈이 생기는 날이면 거창하게 맛있는 것을 사서 그때마다 "있을 때 아껴야지."라고 다그쳐도 "응!" 하고 안 바뀌었다.

어느 날은 그가 연어를 샀다. 연어를 먹으며 행복해하는 나에게 그는 "결혼하면 주말마다 연어 먹자."라고 말했다. 그때 문득 이런 깨달음이 왔다. 아무리 돈을 많이 벌어 빌딩을 사고 건물주가 되어도 연어를 먹지 못하는 삶은 의미 없지 않을까?

야생 동물과 인간 사이의 공통점은 먹으며 생을 유지한다는 것이다. 인간도 동물이므로 먹는다는 것은 삶의 목표 그 자체가 될 수 있을 정도로 너무나 본질적인 행위다. 아끼고 아껴도 어차피 건물주가 되지 못할 텐데, 하루라도 더 연어를 먹고 죽어야 하지 않겠는가? 이후 나는 그에게 있을 때 아끼라는 말을 하기가 망설여졌다.

나는 먹고산다는 것에 관해 생각했다. 불현듯 슬펐다. 어느 봄날 작은 편의점 앞에서 아이스크림을 고르던 한 남자아이가 떠올랐다. 작고 왜소한 아이는 엄마로 보이는 사람에게 꾸지람을 듣고 있었다. 그녀는 아이가 양이 많고 비싼 아이스크림을 고르자 거칠게 쏘아붙였다. “다 처먹지도 못할 거 뭘 그렇게 큰 걸 골라!” 이어 그녀는 아이의 정수리로 연신 욕을 퍼부었다. 아이는 익숙하다는 듯 한마디 대꾸도 없이 무표정한 얼굴로 아이스크림을 손에서 놓지 않았다. 양쪽 팔에 가득 용 문신을 한 남자가 그들에게 다가갔다. 아이 아빠로 보이는 그는 험악한 목소리로 웬 소란이냐는 듯 두 사람에게 호통을 쳤다.

고작 양 많고 비싼 아이스크림을 집었다는 이유로 욕을 먹다니. 안타까운 녀석. 그 조그만 아이도 식탐이라는 게 있어서 오직 먹기 위해 부모의 욕을 감수했다. 그 애도 나름 치열하게 먹고살던 중이었던 거다. 나는 어쩐지 그 애에게 아이스크림을 배탈이 날 정도로 많이 사 주고 싶었다.

그러는 나는 어떻게 먹고사는 중인가? 요즘 스스로를 관찰하며 느낀 점은 내가 너무 빡빡한 일상을 보낸다는 거였다. 계획성이 너무 강하면 모든 것을 틀에 맞추려는 강박에 가까운 도식성을 갖게 되는 듯하다. 먹는 것, 사는 것, 자는 것, 일하는 것까지 착착 정해진 계획대로 하려고 애쓰면서 스스로를 억압하는 하루하루를 살아내는 것 같았다. 그렇다. '산다'가 아니라 '살아낸다'는 느낌. 무엇을 위해 나는 이리도 엄격하게 살아내는 것일까.

엄마는 사람 한 명 먹고사는 데 그리 큰돈이 필요하지는 않다고 했다. 세 내고 밥 먹을 정도만 벌면 된다고. 100만 원, 200만 원 아까워서 그리 쩔쩔맬 필요가 없다 하였다. 언제는 나를 가만히 보더니 너는 회사에 다니지 말고 평생 동네에서 일하면서 자기랑 같이 살자고도 했다. 지금이야 엄마가 외로웠구나 하지 그때의 나는 그럴 수 없다고 대답했다. 20대 초반이었던 나는 내가 미래에 아주 멋진 커리어 우먼이라도 될 줄 알았나 보다. 그런 얘기만 나오면 "에이, 서울 가서 살아야지." "그

일은 돈을 별로 못 벌잖아." 했고 그때마다 엄마는 콧방귀를 뀌었다.

내가 사회생활이 특기가 아닌 사람이라는 걸 깨달은 지금은 생각이 다르다. 나는 먹고사는 것 이상으로 무엇을 하려고 이렇게 악착같이 돈 모으기에 집착할까? 건강이 나빠질 미래를 대비하기 위해? 그렇다기엔 건강을 그리 챙기는 편이 아니다. 챙기지 않는 걸 넘어 병나고 다치는 것에 큰 감흥이 없는 수준이다. 당장 내일 죽을지도 모르는데 굳이 치열하게 살아야 할까. 매일같이 입에 밥을 넣어 생명을 유지하는 건 본능이니 그렇다 치지만, 다른 목적 없이 단순히 부를 축적하기 위해 몸과 마음을 상하게 할 이유는 뭐란 말인가.

어느 날은 나와 전혀 상식이 안 맞는 주변 사람 때문에 알게 모르게 스트레스를 받았는지 포도막염이라는 눈병이 재발했다. 약 때문에 한쪽 눈의 홍채가 풀려 뭘 보는 게 어려웠다. 자연히 의욕도 떨어지고 일도 하기 싫었다. 일이 늦어질수록 눈치가 보이고, 또 그럴수록 스트레스받아 눈병이 안 나았다.

인생에 하등 중요하지 않은 사람 한 명에게 예민하게 얽매여 고군분투하는 사이, 어느 늦은 밤 엄마에게서 연락이 왔다. 몇 년 동안 오빠를 봐주시던 복지관 선생님이 갑작스러운 교통사고로 돌아가시고 그분께 의지하던 엄마가 울면서 전화를 한 거였다. “너한테 해준 것도 없는데 나도 이렇게 가버리면 네가 과연 날 그리워할까?” 그 말에 울컥 슬픔이 차올랐다.

사람은 언제 떠날지 모른다. 그래서 전철을 탔다. 오랜만에 공동체를 사랑하고 정치 이야기를 하는 사람들이 살아가는 그곳에 내렸다. 젊은이들밖에 없는 서울 번화가 동네와 달리 경기도의 한적한 동네에는 아줌마, 아저씨가 많았다. 늘 시간이 멈춰 있을 거라고 생각했는데 이곳도 시간이 흘러감에 따라 조금씩 호흡하며 변하고 있었다.

엄마는 내가 간다니까 소고기를 사 왔다. 얇게 저민 소 등심을 프라이팬에 휙휙 구워 분주하게 날랐다. 나는 그곳에서도 먹었다. 좋은 고기를 먹는 것에 무슨 의미가 있다고 우리는 또 약속이라도 한 듯이 그렇게 고기를 먹었다.

왜 이렇게 먹는다는 것이 슬픈지, 왜 모든 것에 울컥 슬픔이 치미는지 완전히 이해할 순 없었지만, 그냥 느껴졌다. 아직도 죽은 사람의 기운이 머무는 그 집에서 어떻게든 살아가고자 고기를 입에 넣는 우리. 오늘도 본능적으로 생을 영위하며 삶이란 것의 본질을 생각하며 슬퍼하는 나. 그리고 내일도 어쩔 수 없이 지속될 나의 인생. 그렇게 해파리처럼 부유하며 변화하는 내 인생의 끝은 어디일까. 그것도 모르면서 나는 또 먹겠지. 살아가는 것의 의미를 찾으면서.

딱 숨 쉬고 살 만큼 먹을 수만 있다면 어떻게든 살아질 인생. 무얼 더 열심히 해야 하나? 주변에 나와 상식이 안 맞는 사람이 있든 말든 그가 밥 먹여주는 것도 아닌데 왜 눈치를 봐야 할까? 그에게 외면받고 무시당해도 사는 데는 아무 지장이 없다. 이 새삼스럽고도 획기적인 발견에 나는 내가 가진 모든 고민이 순식간에 단순해지는 걸 느꼈다.

내게 모진 말을 하던 사람이건 친애하는 내 사람이건 모두 살기 위해 내일도 먹을 것이다. 그 단 하나의 행위. 이제 나는 어떤 인간을 만나든 그와 나 사이의 본질적인 공통점을 찾을 수 있게 되었다. 배고파서 먹고 맛있어서 행복해하고. 생물이라면 누구나 느끼는 평등한 감각. 살아내려고 먹이를 쫓아 초원을 달리는 포식자와 숨죽이며 흙탕물을 할짝거리는 초식동물과 도시에 앉아 샌드위치를 먹는 인간이 다를 게 뭐가 있는가?

그럼에도 인간은 늘 어딘가에 속하기 위해 애쓴다. 좁게는 가족에, 학교에, 회사에. 크게는 사회에, 주류에, 세상에. 우리는 우리를 형식적으로 정의하는 어떠한 집단에 속하기 위해 싫은 일을 하고 야단을 맞고 가면을 쓴다. 하지만 모두 똑같이 먹으며 살아야 하는 존재라고 생각하면 도처의 차별과 편 가르기, 급 나누기가 하찮게 느껴진다. 어떻게 보면 이 세상에 어디에도 속하지 않는 사람은 없다. 모두 인간인걸.

광화문에선 넥타이를 맨 아저씨들이 땀을 뻘뻘 흘려가며 돼지국밥을 먹는다. 집 앞 백반집에서는 근처 미용실에서 일하는 미용사 둘이 앉아 갈치조림을 먹는다. 아빠는 술을 마시고 들어와 라면을 끓여 밥까지 훌훌 다 말아 먹고 남산만 한 배를 한 채 코를 골며 잠든다. 엄마는 퇴근길에 전화해서는 넌 위가 안 좋으니 꼭 따뜻한 국물을 챙겨 먹으라고 당부한다.

다들 오늘도 살기 위해 입에 먹을 것을 넣고 있다는 생각을 하면 가슴이 찌르르하다. 스트레스받을 때 무언가 먹고 싶다고 느끼는 것도 그만큼 제대로 살고 싶어서가 아닐까? 그러니까 먹는다는 건 왠지 슬프다. 언제 죽을지 모르는 삶이라도 버텨내고 영위하려는 그 본능이 그저 가엾다. 그러니 치열하게 살지 말자. 먹고살 만큼만, 그 정도만 일하며 생각 없이 편하게 살아가자. 마음이 그렇게 말했다.

응,

너 우울한 거

맞아

;

"내 얘기 안 듣고 있네."

"잘 알지도 못하면서."

"그럼 그냥 얘기하지 말고 나 집에 갈까?"

"그건 싫어."

잘 알지도 못하면서. 묘한 힘을 가진 말이라고 생각했다. 적당히 날카로우면서 내가 느끼는 감정을 효과적으로 전할 수 있는 말. 내가 가진 언어를 당신이 알아듣기 쉬운 언어로 번역한 것 같았다. 아무것도 모르면서 그렇게 쉽게 이야기하지 말라고. 상대를 당황하게 하는 걸 알면서도 모난 말을 내뱉고 말았다. 당연히 당신은 나를 포기하고 떠나려 했지만 그건 또 싫었다. 혼자 남겨지기 싫으면서 이야기는 듣지 않는 꼴이라니.

나는 늘 누군가 나에게 관심을 가졌으면 좋겠다고 생각했지만 막상 누가 나에게 관심을 가지면 회피했다. 잘 알지도 못하면서, 아무것도 모르면서. 그러면서 의심하고 무시했다. 타인의 관심을 깔보았다.

인턴에서 정규직이 되면서 생활이 안정기에 접어들고, 끊었던 게임을 다시 시작하며 스트레스 해소도 하고, 소설을 쓰면서 취미 생활도 제대로 하고 있다. 나름대로 행복한 하루하루를 보낸다고 생각했는데 불현듯 나는 다시 어두워졌다. 그냥 이러고 사는 게 지겨워서.

살아 있는 게 지겹다. 밖에서 어떤 삶을 살고 돌아와도 늘 혼자 누워 있는 게 외로웠다. 한국이 어디와 축구를 하든 별 관심 없으면서 옆집에서 함성이 들릴 때면 씁쓸했다. 사람들이 환호할 때 시끄럽다고 귀를 막고 혼자만의 공간에서 내면으로만 침잠했다. 자본에 함몰되는 사회와 예술이 싫고 사색하길 경시하는 사람이 싫었다. 나에게 특이하다 말하는 사람들이 더 특이해 보였다.

나는 왜 어디에도 속하지 않을까? 어디에도 속하지 않는 인간은 없다고 결론 내렸으면서. 나는 속으로 외롭다고 울부짖으며 다시 그렇게 누워만 있었다. 나갔다가는 또 아무것도 건지지 못한 채 상처만 받고 돌아올 거 같아서.

나는 가끔 너무나 잘 알았던 걸 까먹는다. 예를 들면 말을 하는 법, 글을 쓰는 법, 친구를 사귀는 법, 질문하지 않고 확신하는 법, 아무 생각도 하지 않고 사람들과 대화하는 법. 어쩌면 지금은 상처받지 않는 법을 까먹은 게 아닐까?

또 근원적인 물음이 불쑥 떠올랐다. 왜 살아가야 할까. 미래가 지금보다 획기적으로 행복할 것 같지 않다. 10년 후나 30년 후나 지금과 같은 음식을 먹고 지금과 같은 물건을 쓰면서 그냥저냥 살아갈 것 같다.

나는 파괴된 세상 속에서 목숨을 위협받으면서도 살아남으려고 발버둥 치는 재난 영화를 좋아한다. 엔딩 크레디트를 보고 현실로 돌아올 때 그래도 내가 저들보다는 낫지, 이런 생각을 할 수 있어서다. 드라마나 소설에서도 고생하는 인물을 보면 꼭 끝까지 살아 있으라 응원했다. 그렇게 희망을 얻었다. 저들도 저리 사는데 나라고 못 살아갈 게, 아니 안 살아갈 게 뭐 있겠나?

그랬으면서, 정작 내 인생을 살아가는 게 지겨웠다. 생각은 멈추지 않았다. 이러다 죽으면… 그냥 죽는 거겠지. 언제부턴가 죽음에 담담해졌다. 아니, 생을 이어가는 게 무의미하게 느껴진다, 인가. 그 후 나 자신이 약간 이상해진 것 같았다. 이리도 어둡고 불길한 생각을 하는 게 내 본모습인가. 종교를 가져볼까. 불교는 어떨까.

밖에서 떠들고 시시껄렁한 농담을 하는 내가 이런 사람이라는 걸 알게 되면 내 농담에 웃었던 사람들은 무슨 생각을 할까? 그들에게 나의 진짜 모습을 표현하는 게 정말 옳은 일일까? 그랬다가 원하는 반응을 얻지 못하면 또 잘 알지도 못하면서, 하며 으르렁거리지 않을까? 그렇다고 아예 관심을 받지 않으면 외로워하고. 도대체 어느 장단에 맞춰야 하는지.

내 이야기를 들은 K는 넌 우울하다고 했다. 내가 다시 우울해졌다고? 별로 슬픈 일도 없고 힘들지도 않은데 어떻게 다시 우울할 수 있지? 진심으로 의문이었다. 응, 너 우울한 거 맞아. K는 알싸한 마라샹궈를 더 본질적으로 알싸한 마유에 찍어 먹으며 말했다. 어떻게 또 우울할 수가 있어. 어떻게!

인정하지 못하고 있으니 K는 과거를 회상했다. 너는 자각하지 못하겠지만 몇 년 전의 너도 상당히 상태가 안 좋았다고. 잘 놀다가 뜬금없이 사람들 있는 곳에 못 있겠다며 펑펑 울면서 집에 돌아가지 않았었냐고. 그래, 지금도 너 우울한 거 맞다고.

사람들 사이에 있는 게 무서워 불시에 울던 때가 있었다. 4년 전, 나는 그 당시의 남자 친구가 손꼽아 기다리던 ROTC 파티에 참석하지 않았다. 파트너 없는 남자 친구는 서빙이나 했다며 무척이나 서운해했다. 나는 내 마음 상태가 이상해졌다는 걸 깨닫지 못하고 그냥 평소같이 "나는 사람 많은 데가 무서워."라고 말했다. 속으로 '나 따위가 그런 파티에 어떻게 가. 다들 날 보며 볼품없다고 생각할 게 뻔해. 나는 그런 곳에 어울리지 않는 사람이야.'라고 자기 비하를 했는데 이런 생각은 누구나 다 하는 줄 알았다. 파티에 가지 않은 사람은 변명하고 파티에 혼자 간 사람은 화를 내면 끝이었다.

친구를 만나면 헤어지고 돌아오는 길에 터덜터덜 걸으며 발끝으로 뚝뚝 눈물을 흘렸다. 나 같은 애를 만나주는 게 너무 고마워서. 이런 고마운 사람들을 놓쳐버릴까 봐, 내가 또 모든 걸 망칠까 봐 무서워서.

그즈음 집에 가서 자기 전마다 나를 혐오했다. 화와 슬픔을 내보일 곳이 없어 모두 나에게로 돌리던 때. 역시 그런 행위가 그리 심각하다고는 생각하지 않았다. 뭐, 나보다 심한 사람도 많은데 이 정도쯤이야. 그런데 내 말을 들은 상담자는 말했다.

"지금 임상적으로 상담이 필요한 상태예요."

어쩌면 도움을 받아야 한다는 말이 듣고 싶었던 걸지도. 가끔 그런 사람이 있다. 아픈데, 내 안에 슬픔이 차고 넘치는데 내 입으로 아프다, 슬프다, 인정하고 싶지 않아 숨기는 사람. "요즘 괜찮아? 별일 없어? 힘들어 보여." 이런 말 한마디에 울컥 울음을 터뜨리는, 힘든 거 슬픈 거 말하지 않아도 알아주는 사람을 늘 하염없이 기다리는 사람.

나는 그런 사람과는 거리가 멀 줄 알았다. 나만큼 나를 잘 아는 사람은 없을 거라고 생각했기에. 내가 기다 하면 기고 아니다 하면 아닌 거야. 난 괜찮다고. 그런데 아니었나 보다. 역시 나를 제대로 봐줄 누군가가 필요했나 보다.

응, 너 우울한 거 맞아.

나는 무심한데 상대방이 나의 우울을 말할 때면 그렇게나 기분이 이상한 것이었다. 언제나 그랬다. 우울해지면 상대방에게 상처를 줄 확률이 높아진다. 그러니까 미리 알고 대피해야 하는데 사람을 만난 뒤에 알게 되면 얼떨떨하다. 불과 몇 개월 전만 해도 전 남자 친구가 "솔직히 힘들다."고 말하기 전까지 내가 그 정도로 우울한 줄 몰랐다.

"체감하는 우울은 낮은데 실제 우울 척도가 높은 건 만성이기 때문이에요. 약을 먹는 게 도움이 될 거예요."

그때 또 다른 상담자는 MMPI 검사 결과를 설명하며 말했다. 냄새나는 방에 오래 있다 보면 코가 익숙해져서 냄새가 안 느껴지는 것과 같았다. 그런 말조차 지겨웠다.

의사 선생님을 찾아가 말했다.

"그냥 보통 사람의 보통 기분만큼만 느꼈으면 좋겠어요."

그는 묵묵히 고개를 끄덕였다. 그 정도라면 자신이 해결해 줄 수 있다는 긍정의 표시였을까? 묻지는 않았다. 나는 선생님에게 처방전 말고는 그 무엇도 기대하지 않는 자신을 보며 비로소 내 마음 상태의 경중을 가늠했다. 와, 나 지금 의사 앞에 있는데, 아무것도 기대되지 않아. 내가 나을 수 있을지. 보통 사람의 보통 기분을 갖고 살아갈 수 있을지. 전혀 기대되지가 않아.

보통 사람의 보통 기분. 말하고 보니 궁금했다. 그게 뭘까? 나는 언제부터 그걸 모르기 시작했을까? 무엇이 날 그것을 모르도록 만든 걸까? 내가 그것을 잊어버렸기 때문에 사람들이 내게 당신은 우울하다고 말하는 걸까? 질문은 끝나지도 않아. 그러나 대답해줄 사람은 늘 그랬듯 없다.

보통 사람의 보통 기분만큼만.

보통 사람의 보통 기분만큼만….

나는 아무렇지 않다고 생각하며 살아가는데 남들이 넌지시 이야기를 해올 땐 뭔가 문제가 있다는 뜻이다. 내 생각에 우울은 행복하다고 느낄 때도 찾아올 수 있다. 양립할 수 없다고 생각되는 이유는 행복이 우울을 일시적으로 가리기 때문인 것 같다. 우울해도 어떻게든 웃긴 건 볼 수 있고 맛있는 건 먹을 수 있고 쇼핑은 할 수 있으니까. 그렇게 난 아무렇지 않다고 자신을 세뇌하고 그냥 넘어가는 것이다.

또 우울에도 급이 있다고 무의식중 생각하기에 자각하지 못할 수도 있다. "뭐 이런 걸로 우울하다고 그래? 이보다 심했던 적이 얼마나 많은데. 이깟 건 우울한 것도 아냐." 여러 매체에서 심한 우울증을 앓는 사람을 보며 난 저 정도는 아니잖아, 그렇게 생각하고 넘어가서 내 마음을 들여다볼 기회를 놓쳐버린다.

어떤 병이든 증세나 강도가 다양한 것처럼 우울도 다른 형태로 찾아올 수 있는 법이다. 엄살이라 오해받을까 봐 망설이면 결국 병만 키우는 꼴이 된다. 그러니 누군가 나에 관해 이야기할 땐 귀를 기울이기. 내가 보는 '나'가 정확하지 않을 수 있다는 것을 늘 잊지 말기. 남을 통해 내 상태를 눈치채는 연습을 하다 보면 언젠가 우울주의보를 잘 알아차릴 수 있지 않을까. 알아차린다 해서 가시진 않을 테지만, 적어도 대비할 순 있다.

내가 만약 10만 원을 잃어버린다면

; 무언가를 잃어버리는 상상을 자주 한다. 사람이든 물건이든. 끔찍한 상황을 미리 예견하고 시나리오를 짜면 실망이 덜하고 좀 더 상황을 담담하게 관조할 수 있기 때문이다. 어느 날은 버스를 타고 가다 문득 가방에 든 10만 원을 잃어버리면 어떨까 상상했다. 사기를 당한다든지 도둑을 맞는다든지, 어떻게든 10만 원이 공중분해되는 상황을 가정해봤다.

화가 날까? 별로 그럴 것 같지 않았다. 내게 10만 원이 있다면 기껏해야 맛있는 걸 사 먹고 옷을 한 벌 사든지 술을 마시겠지. 그 정도 가치의 돈을 잃어버린다고 생각하니 별 느낌이 없었다. 내게 10만 원이 있다고 해도 원하는 세상을 만들거나 꿈을 이루거나 능력을 비약적으로 향상시키는 데 별 도움이 안 될 테니까.

아니, 어쩌면 100만 원, 1,000만 원, 1억이 있어도 내가 바라는 세상, 내가 원하는 나는 되지 못할 것이다. 출세해 좀 더 넓은 집에서 풍족한 생활을 하게 돼도 문밖으로 나서면 여전히 변하지 않은 세상이겠지. 왜 사는지 답을 알게 되지도 않을 테고 삶이 허무한 게 변하지도 않을 테고 바꾸고 싶은 사람을 바꾸지도 못할 테지.

나는 매달 일해 돈을 벌어 밥을 먹고 세를 낸다. 사람을 만나 웃고 떠들다 다시 혼자가 되어 외로워진다. 돈 같은 거 많이 필요하지도 않으면서 부자가 되었으면 좋겠다 생각하고, 돈 걱정을 안 해도 되는 사람은 어떤 기분일지 단 하루라도 느껴 보고 싶다고 생각한다. 돈이 많아도 어차피 아무것도 바뀌지 않을 텐데 말이다. 그러니 10만 원 따위 잃어버려봤자 하나도 슬프지 않을 거다.

이런 생각을 하는 내가 어디까지 허무해질지 무서웠다. 내가 10만 원이 아니라 목숨을 잃어버려도 아깝지 않을 거라 생각하게 될까 봐 무서웠다. 돈으로 살 수 없는 소중한 것을 더 많이 만들어야겠다. 하루를 무사히 마치고 버스에서 내려 첫 걸음을 뗄 때 느껴지는 안도감. 모두의 우울과 닮은 가을과 겨울 사이의 바람. 카푸치노 거품처럼 부드러운 당신의 손바닥. 언제나 반갑게 나를 부르는 목소리들. 나를 향하는 선한 마음들.

평생 번 돈으로도 살 수 없는, 삶의 가치에 무게를 더하는 그런 아름다운 순간을, 감정을 포착하는 것이 생의 이유일까. 그것이 내가 제명까지 살아내도록 도와주는 인도자인 걸까. 조금은 내 목숨을 아깝게 하는 존재인 걸까.

나는 몇 년 전, 사람이 사람을 돕는 경이로움을 느끼기 위해 내가 살아 있는 거라고 결론을 내렸었다. 어째서 그때나 지금이나 달라진 게 없나. 시간이 지나면 좀 더 획기적인 삶의 이유를 떠올릴 거라 생각했다.

아무도 알아주지 않는 이따위 삶의 이유. 그런 것보다 10만 원을 택하는 게 더 속 편할 텐데. 돈으로 살 수 있는 것을 좇으며 사는 게 상식적인 삶일 텐데. 그럼에도 난 돈으로 살 수 없는 아름다움을 포기할 수 없다. 그것이 내 삶을 지탱하는 지지대이기에.

생의 의미를 찾지 않고선 살아갈 자신이 없는 나는 확실히 나약하지만 그건 나쁜 게 아니다. 의미 없는 생을 사는 것보다 의미를 찾으며 어렵게 사는 생이 더 가치 있다고 생각한다.

택시 기사는 신호를 위반하며 과속 운전을 했다. 빨간 신호에 걸릴 때마다 푸욱 한숨 쉬며 욕지거리를 내뱉었다. 나는 그의 문제가 무엇인지 알 수 없었지만 뭐라고 말하든 그를 바꿀 수 없다는 걸 알기에 가만있었다.

힙합 클럽은 그저 그랬어. 일을 마친 직장인으로 보이는 남자 한 명이 노트북 가방을 메고 열심히 춤을 추었다. 저 사람에겐 저게 생의 의미인가? 고속도로에서처럼 빠르게 휘휘 지나가는 가로등을 보며 땀 흘리며 춤추던 그 남자를 떠올렸다. 이대로 사고가 나면 어떻게 될까. 그런 상상을 해도 무섭지 않았다.

누가

뭐래도

긴 글을

쓸 것이다

;

도저히

읽히지 않는

책에 불과한 나는

네가 들여다볼 때마다

나를 펼쳐볼 때마다

주인공인 나는

민망하고 부끄러워서

얼른 덮어줬으면 했어

— 곽푸른하늘 '읽히지 않는 책'

완전히 사회 초년생일 때였다. 너무 가고 싶어서 열망했던 회사가 있었다. 그 회사는 지원자에게 자유 양식 자기소개서 하나만을 원했다. 뻔한 정보만 가득한 이력서나 영어 성적은 필요 없다고 명시했다. 그에 감동한 나는 정말 자유롭게 자소서를 쓰고 말았다. 앞 장에는 사진을 잔뜩 붙이고 아래로 내 10대와 20대 초가 어땠는지, 내 성격이 어떤지, 나는 무엇을 좋아하는지 구구절절 늘어놓았다. 다 쓰고 나니 다섯 쪽 분량이었다. 이 정도면 나를 잘 표현했겠지, 내 진솔함과 열망이 느껴지겠지 하며 자신 있게 메일을 보냈다.

다행히 서류를 통과해 면접에 갈 수 있었다. 지나치게 솔직하고 바보 같은 내 자소서가 먹혔다고 생각하니 기뻐 날뛰고 싶었다. 옷은 아주 편하게 입고 오라는 말에 또 정말 자유롭게 입고 면접에 갔다.

그런데 처음 면접관을 대면했을 때의 그 수치스러움은 이루 말할 수 없었다. 면접에 와서야 비로소 자소서를 구겨 던지고 싶었다. 면접관들은 스크롤을 휘휘 내리며 내 자소서를 훑어보더니 이런저런 질문을 했다. 열심히 대답했지만 그들은 연신 고개를 갸우뚱했다.

"면접 시간이 한 시간이나 지났는데 아직도 사랑 씨가 어떤 사람인지 잘 모르겠어요. 우리가 왜 사랑 씨를 뽑아야 하는지 설득이 되질 않네요."

자리를 박차고 뛰쳐나가고 싶을 만큼 창피했다. 면접관 중 한 명이 두 문단에 걸쳐 써놓은 내 전공이 뭔지 물어볼 때 나는 확신했다. 공들여 쓴 나의 자소서는 그들에게 제대로 읽히지 않았구나. 이번에도 나를 어필하는 것에 실패했구나. 회사를 나오자 쓰나미처럼 덮쳐오는 민망함에 얼굴이 화끈거렸다. 나는 깨달았다. 내가 쓴 건 자소서가 아니라 다섯 쪽 분량으로 쓸데없이 자세하게 풀어놓은, 아무도 궁금해하지 않는 내 프라이버시라는 것을.

그들은 아마 내가 무엇을 성취했고 무엇을 할 줄 알고 나의 성장 가능성은 어느 정도인지가 궁금했을 것이다. 내가 어떻게 자랐고 취미가 뭐고 어떤 글을 쓰는지 같은 걸 고용하는 입장에서 궁금해할 리 없었다. 나는 자소서든 뭐든 읽는 사람이 원하는 글을 쓰지 못하면 아무 소용이 없다는 걸 알게 되었다.

그때부터 내 이력서와 자소서는 형식과 가식으로 가득 채워졌다. 어차피 내 능력을 팔아 돈을 버는 거라면 자소서 같은 게 무슨 소용인가? 솔직하게 나를 드러내도 떨어지면 수치스럽기만 할 뿐이다. 이딴 종이 쪼가리로 나에 대해 뭘 안다고.

실제로 내가 다녔던 회사 중에는 자소서를 생략하고 이력서만 보고 나를 뽑았다는 곳도 있었다. 대충 읽을 거라면 차라리 자소서를 안 보는 회사가 더 쿨하고 담백해 보였다.

그런가 하면 이력서보다는 자소서를 더 꼼꼼히 본 회사도 있었다. 면접에 갔더니 내 자소서 곳곳에 밑줄이 그어져 있었고 군데군데 화살표를 빼서 질문거리를 적어둔 흔적이 보였다. 내가 제대로 읽혔다는 생각이 든 회사는 그 회사가 처음이었고, 구직자 입장인데도 감동을 받았다.

그 회사에 뽑힌 나는 몇 년간 굶지 않고 일을 할 수 있었다. 어딘가에는 내가 나를 소개하기 위해 쓴 글을 세심히 읽어주는 곳이 있었다. 나라는 사람을 제대로 봐주었다는 이유 하나로 따뜻함을 느끼다니. 이게 구직자의 결핍인가 싶었다.

“네 기사는 너무 길어. 이러면 사람들이 읽다가 ‘아, 지루해.’ 하며 팽 던진단 말이야. 여기저기 쓸데없는 건 다 날리고 이 파트는 절반 분량으로 줄여서 와.”

나름 공들여 쓴 인터뷰 기사의 피드백이었다. 나는 분량을 줄이라는 선배의 말에 어찌할 바 몰랐다. 버리고 싶은 문장이 없었다. 다 너무 중요해 보였다. 단순히 누가 뒤로가기를 누를까 겁나 전하고자 하는 내용을 날리고 싶진 않았다.

한편으로는 선배의 말이 이해되기도 했다. 세상은 더 이상 긴 글을 원하지 않는다. 사진이나 그림이 곁들여진 콘텐츠나 가만히 있으면 알아서 재미있게 넘어가는 영상이 강세다. 대중은 짧고 강렬하며 흥미롭고 소화하기 쉬운, 말초적 자극을 주는 콘텐츠를 원한다. 꼭꼭 씹어 먹어도 소화하기 어려운 성가신 문장은 버림받을 것이다. 그러니 앞으로도 통나무처럼 길게 늘어진 글은 설 자리가 좁아질 거라 생각된다.

문득 레이 브래드버리의《화씨 451》이라는 책이 떠올랐다. 1950년대에 쓰인 이 소설은 비판적 사고를 막기 위해 독서가 금지된 5세기 후 미래를 그린다. 주인공 가이 몬태그의 직업은 책을 태우는 방화수다. 화씨 451도는 책이 불에 타는 온도인 섭씨 233도를 뜻한다. 미래 사회에서는 인간 존재에 관한 고민은 사라진 지 오래이며 차가 너무 빨라 사람을 치어 죽여도 아랑곳하지 않는다. 오히려 폭주를 재미로 하는 사람까지 등장한다.

무수한 고전은 단 몇 줄로 내용이 정리되고, 사람들은 눈 깜짝할 새 할 일을 끝마치고 재미와 쾌락만을 추구하는 일상을 살아간다. 이벤트처럼 일어나는 전쟁은 눈치챌 새도 없이 몇 초 만에 모든 것을 재로 만들며 끝난다. 심지어 부부는 자신들의 첫 만남이 어땠는지도, 결혼기념일이 언제인지도 모른다.

정말 이런 미래가 올지도 모르겠다는 생각이 들었다. 책과 꽃과 사랑이 사라진 시대의 인간은 이런 모습일까?

나는 내 글이 외면받는 상황을 몇 번 겪어봤다. 앉아서 타자만 치면 쓸 수 있는 게 글이라지만, 글도 한순간에 뚝딱 나오는 게 아니다. 나름 고심해 구성을 짜고 몇 시간에 걸쳐 쓰기 때문에 누군가의 엄지손가락에 휘휘 스크롤이 내려가는 걸 보는 게 좋지만은 않다.

그런데도 나는 긴 글이 쓰고 싶다. 너무 길고 지루해서 읽다가 던져지는 글이라도 줄이고 싶지 않다. 승객이 별로 없는 노선을 달리는 버스도 그 버스가 아니면 안 되는 승객이 있으니까 매 정거장 멈추며 끝까지 달린다. 모두 중요하고 알리고 싶은 감정이니까 읽다가 버려진다고 해도 마지막까지 읽은 사람에게 따뜻함을 전할 만큼 충분히 표현하고 싶다. 글의 형식이 뭐가 됐든 시간이 오래 걸려도 읽고 난 후 유의미한 감정을 안겨주는 글을 쓰고 싶다.

기자를 그만두기 전 전무님과 식사를 했다. "글이란 것은 마음을 비추는 거울과도 같죠." 그는 그렇게 말하며 쓰고 싶은 글을 쓰면서 살라고 격려했다. 사회에는 이상한 사람만 있는 줄 알았는데 나의 의견을 존중해주는 사람도 많았다. 몇 달 후 재취업이 된 뒤 그분께 감사 인사를 담은 편지를 보냈다.

메모장에만 끄적이던 글을 스물두 살 무렵부터 블로그에 끄적이기 시작했다. 소소한 관찰이나 남모르게 속에 담아두었던 고민거리를 풀어냈다. 전무님 말대로 글은 자신을 비추는 거울과도 같아서 나는 글을 쓰면서 내 마음을 들여다보고 혼자 마음을 달래곤 했다.

시간이 지나니 방문자도 늘고 블로그에 애착이 가기 시작했다. 무엇보다 댓글을 쓸 수 없는데도 안부 게시판까지 찾아와 격려와 조언을 해주는 따뜻한 이웃들이 있어 쉽게 블로그를 끊을 수 없었다. 그러기를 3년 정도. 많은 글이 쌓였고, 내가 왜 글을 쓰는지 되돌아보기로 했다.

《무례한 사람에게 웃으며 대처하는 법》을 쓴 정문정 작가님은 북 콘서트에서 "글을 쓰고 책을 읽는 건 가성비가 좋은 취미였어요."라고 말했다. 확실히 그렇다. 돈도 안 들고, 마음에 자갈 같은 게 많아서 그것을 걸러내고 자신을 성찰하기 위해 시작한 글쓰기였다.

그런데 어느 순간 내 글로 위로받았다는 사람이 하나둘 등장했다. 말로 할 수 없는 뿌듯함을 느꼈다. 언제는 너무나 진솔한 반응을 보고 마음이 미어져 눈물이 나기도 했다. 세상에는 아픈 사람이 많고 그들을 위로할 사람은 그 아픔을 알고 동조하는 사람뿐이라 생각했다. 나는 더 많은 사람을 위로하고 싶었다. 사람에게 상처받고 사람에게 실망하지만 사람에게 구원받고 사람에게 위안을 얻기도 하는 것이 못내 신기했다. 도처에 도사린 외로움. 그런 것을 인식하는 걸 멈출 수 없는 건 왜야. 그리고 그런 것을 쓰지 않을 거면 글을 쓰는 이유는 무엇이고.

사람을 위해 글을 쓰고자 다짐할 거라고는 생각도 하지 못했다. 깨닫기 전까지만 해도 내가 글쓰기로 원했던 건 타인의 동정이었다. 위로받기만 원했지 내가 누군가를 위로할 생각은 하지도 못했다. 나는 불완전한 사람이어서 감히 내가 타인에게 좋은 영향을 줄 수 있을지 알 수 없었다.

나는 늘 나에 관한 모든 것을 이해받고 공감받길 원했다. 누군가 나를 잘못 판단할 때 어떻게 해서든 바로잡고 싶었다. 누가 나를 생각 없는 사람으로 여기는 게 싫어서 나도 생각이 깊고 마음이 아픈 사람이라는 것을 끊임없이 표현하고 싶었다. 그래서 나는 내 글이 제대로 안 읽히는 게, 대충 읽히는 게 무서웠다. 읽히지 않는 책이 되고 싶지 않았다. 대충 읽히면 오해가 생기고 쉽게 판단당하니까. 그러면 글을 쓴 의미가 없으니까.

그러던 중 시 창작 수업 때 충격적인 말을 들었다. 교수님은 나에게 자의식에 갇혀 있다는 평을 남겼다. 자기화된 언어는 사용하지만 속을 깨고 나와 다른 사람이 이해할 수 있게 써야 소위 읽히는 시가 될 거라는 말이었다. 어쩌면 내가 읽히지 않는 이유는 나 자신이 좀처럼 읽는 사람을 배려하지 않는, 길고 지루하기만 한 책이기 때문일 수 있겠다고 생각했다.

그런가. 너무 복잡하고 어려운 사람이 되어도 안 좋은가. 그럼 제대로 읽히지 않기 때문에 점점 더 외로워지는 건가. 실제로 그런 것 같다. 시간이 지날수록 나의 취향을 이해하고 나를 제대로 관심 있게 읽어주는 사람과만 연락하게 된다. 나와 장르가 너무 다른 사람 사이에서는 이질감이 느껴져 같은 나라 사람이 맞는 건가 싶을 때가 있다. 어렵기만 한 나는 하룻저녁 시간 때우기 상대로만 여겨지는 것 같을 때도 있다. 아무리 좋아도 너무 다르면 관계가 지속되기 힘든 것 같다.

하지만 상대방에게 소화되기 쉽게 내 속을 깨고 나오지 않아도 나를 알아주는 사람이 있다면, 굳이 나를 버려서까지 노력해야 할 필요가 있을까? 적지만 나를 읽어주고 나에게 위로받는 사람을 위해 책을 이어나가면 되는 거 아닐까. 혹시라도 기다릴 승객을 위해 비가 오나 눈이 오나 운행하는 버스처럼 천천히, 꾸준히, 나만의 노선을 타면서.

"저는요, 가끔 이런 생각을 해요. 제트카를 타는 사람들은 풀이 어떻게 생겼는지, 꽃이 어떻게 생겼는지 잘 모를 거예요. 왜냐면 그 차는 너무 빠르기 때문에 바깥의 풍경을 자세히 볼 수가 없거든요."

소녀는 열심히 얘기를 계속했다.

"그 차를 타는 사람들은 녹색 얼룩을 보면 '아, 이건 풀이야.' 그럴 거예요. '분홍색 얼룩? 그건 장미꽃 정원이지! 하얀 얼룩들은 거리에 늘어선 집들이고, 또 갈색 얼룩들은 소 떼지, 아마?' 삼촌이 한번은 고속도로에서 천천히 달려봤대요. 시속 60킬로미터로. 근데 그랬다고 잡혀가서 이틀 동안 감옥에 있었어요. 재미있지 않아요? 또 어떻게 보면 서글프기도 하고요. 안 그래요?"

"생각하는 게 너무 많군요."

몬태그는 조금 어색한 말투로 대답했다.

…

"아저씨가 틀림없이 모르고 있는 걸 또 말할 수 있어요. 아침에 잔디밭에 나가 보면요, 이슬이 맺혀 있어요!"

그건 나도…….

몬태그는 갑자기 조바심이 났다. 내가 그걸 알고 있었던가? 아니면 몰랐던가? 그는 선명하게 기억해낼 수가 없었다.

"그리고 하늘을 보실래요?"

소녀는 고개를 끄덕이며 위를 가리켰다.

"저 달에는 사람이 있었어요."

몬태그는 잠시 고개를 들어 보았을 뿐이다.

—《화씨 451》, 레이 브래드버리, 황금가지

호모

센서티브

생존
가이드

와식인간,

그 이후

이 책의 전신인 《와식인간》이 세상에 나오고 3년. 초등학교 저학년, 고학년, 중학교, 고등학교. 10대에는 3년을 단위로 스스로를 돌아볼 수 있는 단계가 있는데, 20대에는 딱히 단위가 없어 무어라 간추려야 할지 잘 모르겠다.

무슨 일이 어떻게 되었든지 《와식인간》이 세상에 나온 2019년 1월을 기점으로 어쨌든 3년이 흘렀다. 어느새 20대의 끝자락에 들어선 나를 돌아본다. 대학을 마치고 바로 독립해 월셋방을 전전하고, 안착하지 못한 커리어를 들고 이리저리 회사를 옮겨 다니고, 술을 많이 마시며 유흥을 즐기고, 집에 오면 우울함에 잠식되어 눈물을 흘리는 일상에서 조금은 벗어났다. 좋은 건지는 모르겠다. 마음은 덜 아프지만, 이제는 에세이를 자주 쓰지 않으니까.

《와식인간》을 내고 나서도 이런 쪽글 같은 걸 썼다.

"버림받는 게 익숙하다. 그렇게 느끼고 혼자 울면서 잠드는 것도 익숙하다. 어쩌면 그게 요즘 내가 제일 잘하는 일일지도 모른다. 반면 사랑하는 게 생소하다. 사랑하는 연인을 바라보는 것도 생소하다. 갑자기 사랑과 관련된 모든 것이 생소하고 새삼스럽고 소름 끼친다. 내가 그것과 너무 괴리된 것 같아서."

그렇게 그렇게 토해내고 써 내리고 까 보여도 여전히 나는 어쩔 수 없는 애정 결핍증 환자였다. 한편으로는 조금씩 나 자신의 자의식에 매몰되지 않고 객관적인 시선으로 나를 바라보고 분석하는 능력이 생기기도 했다. 사회생활을 2년, 3년 이어가고 있을 시기였다. 스스로도 성격이 많이 이성적으로 변했다 느꼈고, 실제로도 이즈음 MBTI의 알파벳 하나가 바뀌었다.

내가 20대에 살았던 삶, 즉 경제적으로 자립해 월셋방을 전전하고, 회사를 옮겨 다니고, 유흥을 즐기고, 우울함에 잠식되어 우는 일상은 사실 평범하지 않았다. '일반적인' 서울 사람들의 시선에서 그런 삶은 결코 '자유롭고 행복한 삶' '청춘을 즐기는 삶'이 아니었다. 남들도 다 그렇게 산다고 생각했던 나의 삶은 다른 사람 눈에 '어딘가 사연 있어 보이는 삶' '버거워 보이는 삶' '상식적이지 않은 삶' '가난한 삶'이었다. 기어코 이것을 알게 된 내 나이 스물일곱, 스물여덟. 어두운 20대의 터널을 지나 서른을 바라보는 나이에서야, 나는 그것을 알았다.

그간의 삶을 요약해보니 딱 여섯 글자가 나왔다. "왜 나는, 왜 나만." 늘 "왜 나는, 왜 나만…." 하는 생각에 사로잡혀 어쩌면 내가 누리고 성취한 모든 것이 내 분수에 안 맞는 게 아닐까 하는 인생을 살아왔음을 알았다. 가족이든 학교든 사회든 속해 있고 거머쥐고 있는 모든 것이 나와는 어울리지 않았고 두 눈에 보여도 잡을 수 없는 것들이라고.

자유와 빈곤은 한 끗 차이라 모든 자유로움도 배고픔 앞에서는 무의미했던 나날. 땡전 한 푼 없이 도시에서 혼자 사는 건 도저히 못 해 먹겠다고 울고불고 잠든 숱한 날. 아. 뭐가 됐든 내가 느끼는 게 '보편적'이지 않기 때문이었구나. 아. 나는 가난을 자유로, 청춘으로 꾸미며 살아왔던 거구나. 아… 그렇구나. 그래서 힘들었구나. 그래서 예민하고 우울했던 것도 있구나, 내가.

사람이 미워서가 아니라 그저 편리하기 때문에 선을 긋기 시작했다. 넘어오는 것들은 저격 총으로 때리면서 나를 지키는 법을 그때부터 알게 되었다. 꾸역꾸역 "나는 이런 사람이에요." 설명해도 영원히 못 알아듣는 사람이 있다는 것. 그러니 이해받는 것보다 그냥 대충 "네, 네." 하면서 내가 때리고 무시하고 튀는 게 훨씬 빠르고 편한 방식임을 알게 되었다.

날 편견 없이 존중하고 적어도 농담으로라도 상처가 되는 말을 하지 않는 사람은 딱히 천재도 부자도 아닌, 어떻게 보면 똑같이 엉망진창인 인생을 한탄하는, 마음이 아프다는 게 뭔지 이해하는 사람 범주에 속했다. 그리고 나는 그들을 여전히 동족이라 부른다.

이러나저러나 나는 언제나 어제와 내일과 비슷한 오늘을 살고 있다. 다른 점이 있다면 술이든 음식이든 조금 더 많이 먹게 되어 체중이 늘었고, 커피를 마시기 시작했다. 10년 전부터 이렇게 커피를 마셔서 잠을 줄였다면, 어쩌면 내 운명이 조금은 바뀌지 않았을까 싶을 만큼. 고양이 가족이 생겼다. 좋아하는 케이팝 가수도 생겼다. 방탄소년단이라고 하는데, 아마 현재 지구에서 제일 인기가 많은 가수인 것 같다.

누군가 나에 대해 물어봐줬으면 좋겠다는 기대를 하지 않는다. 오히려 그런 상황이 오면 생각보다 나를 궁금해하는 사람이 많다는 사실을 실감하며 새삼스러워하고는 한다. 그리고 그다지 상대에게 별다른 질문을 하지 않게 된 내 모습을 본다. 즉, 사람과 사람 사이 내가 느끼던 감정들이 기이하게 전복되었다. 신기했다. 물론 말을 안 할 뿐이지 뒤에 가서 생각하고 관찰하고 궁금해하는 건 여전하다.

그것 외에는 변함없는 삶이다.

놀라우리만치 아무 일도 일어나지 않았고, 오히려 나아졌다. 우울했는데. 그렇게나 우울했는데. 어떻게든 살아졌다니. 그리고 앞으로도 계속 살아질 거라니. 기뻐해야 되는 건가. 좋든 싫든 경험은 누적되며 시간은 늘 인지하지 못하는 새 지나가 있다. 대단한 상담자를 만난 것도, 대단한 약을 먹은 것도 아니고 그저 숨만 쉬었을 뿐인데 살아졌다. 하긴 먹어야 사니까 육체는 배고프게 설계되었고 안 먹으면 죽으니까 어떻게든 돈을 벌고. 당연한 삶의 공식.

여전히 소수자를 향한 애정과 연대를 느끼고, 진실과 본질을 받드는 가난한 인문학을 사랑하며, 윤동주 시인을 가끔 생각하고, 다소 급진적이거나 불순한 사상을 고수하는 것도 여전하다. 그리고 여전히 좋아하는 일을 하고 있지만 빈곤하다.

인간관계는 직장을 중심으로 격변했다. 하지만 나를 보고, 나를 이해하고, 나를 사랑하는 좋은 사람들 곁에서 근근이 또 가끔은 행복하게 생존을 이어나가고 있다. 별거 아닌 듯하지만 나에게는 못내 고마운 일상이라 매일 감사함을 느낀다.

여전히 불현듯 우울하고 가라앉기도 하지만 어제는 파란 하늘과 하얀 구름이 예쁜 줄 알아 기쁘고, 오늘은 먹는 밥이 맛있어서 기쁘고, 내일은 주말이라 기쁘다. 그렇게 나는 나대로 산다. 그래, 나대로 산다. 나대로 산다는 것이 문득 대단해서 울고, 그게 나다워 웃고, 다만 기쁘고 울고 웃는데 더 이상 슬프진 않다. 슬프지 않다는 게 신기하다. 이런 게 보통 사람의 보통 기분이라는 걸까?

어찌 되었든 결과적으로 나는 생존 중이다. 그 사실이 자랑스럽고 영광되어서, 오늘 밤 아주 축배를 들어야 할 지경이다. 오늘을 숨 쉬며 살아가는 우리 동족들이 가끔씩 스스로를 대견해하며 나처럼 축배도 들고 그랬으면 좋겠다. 한 잔쯤은 괜찮잖아요. 우리 서로를 위해 잔을 들어요.

여전히 사람을 싫어하고 여전히 예민하며 여전히 집순이지만, 어쩌겠는가. 다만 처음 이 글을 시작했을 때에 비해서는 훨씬 이성적이고 객관적인 사람이 되었음을 절절히 실감한다. 3년 전의 내가 나와 같은 사람의 마음을 대신 활자로 표현하고 깊이 공감하며 위로했다면, 지금의 나는 조금은 다른 결로서 동족들에게 도움을 주는 문장을 건넬 수 있을 것 같다. 그래서 이 장에서는 영원히 벗어날 수 없을 것 같은 터널을 지나며 생존하는 호모 센서티브들에게 조금 더 '실질적인' 관점에서 노하우를 전달해보고자 한다.

선을 긋는 것은

편리하다

; 모든 것이 꿈처럼 잊히고 아무것도 기억하지 못한 채 새 시작을 맞을 순 없을까. 강력한 패배 의식에 사로잡힌 밤이면 과거를 회상하며 그저 그렇게 되뇌기만 한다. 어떤 상처는 잊히지 않고 끊임없이 날 괴롭힌다. 생각해보면 상처를 안 받을 수 없는, 그래서 도망치거나 어떻게든 벗어날 수밖에 없는 공동체 속에서만 살아온 것 같다. 가족, 학교, 친구, 회사, 크게는 인간 사회. 어느 것 하나 완전히 믿을 수 없는데 오직 사랑하고 애착하는 것에만 탁월한 운명만큼 잔인한 게 있을까?

종교는 신기하다. 그 맹목적인 외사랑. 신을 믿는 건 적어도 외사랑에 상처받을 일이 없기 때문이다. 신은 거부하지 않는다. 그리고 거부하지 않는 존재는 사랑을 쏟기 몹시 합리적인 대상이다. 거부당할 리 없으니까. 솔직히 말하면 내가 거부당하는지도 모르니까.

불행은 불행을 낳고 불신은 불신을 낳고 결국 우리는 같은 실수를 되풀이하며 같은 상처를 받지만 되돌릴 순 없다. 그러니 날 드러내는 것이 의미 있는 행위일까. 누군가에게 쉽게 마음 주는 것이 과연 나를 위한 행위일까. 드러내는 것은 늘 어렵다. 얼마만큼 어떤 깊이로 나를 드러내는 게 제일 효과적일까? 확실한 건 드러내지 않았을 때보다 드러내고 나서 후회하는 경우가 대부분이란 점이다.

나는 대체로 사람이 싫다. 재택근무를 할 때 나와 아무 상관 없는, 예컨대 마트 계산원이나 택배 배달원, 의사와 물리치료사만 만나며 일주일을 보냈는데 그 해를 통틀어 제일 행복했다.

사람과 가까워져 내가 얻는 이득에 비해 혼자 지내며 얻는 안위와 평온함이 월등히 크다. 기본 성향이 이러해 내 인간관계는 완전히 고착화되었다. 싫진 않다. 오히려 잘됐다고 생각한다. 정 줄 사람이 한정되니 마음에 여유가 늘었다.

어렸을 땐 하나의 인연이라도 놓치는 게 아쉽고, 저 사람이 날 싫어하는 것 같으면 혼자 끙끙거리고 무서워하고, 나에게 무례한 사람도 다 눈감아주고 정을 줬다. 이제는 반대다. 쓸모없는 인연은 차라리 놓치고 싶고, 사람들이 다가오지 말았으면 좋겠고, 날 존중하지 않는 사람은 눈에는 눈, 이에는 이다.

주변 사람을 대할 땐 적당히 드러내고 적당히 숨기고 적당히 살가운 채로 서로 선을 넘지 않는 게 편하단 걸 알게 되었다. 알게 되었다기보다는 드디어 체감하고 깨달았달까?

선을 긋는 것은 너무 편리하다. 예컨대 직장에서 휩쓸리지 않고 중심을 잡기 수월하다. 내가 선을 그었음을 눈치챈 사람은 적당히 다가온다. 공적인 관계로 남는다. 내가 선 긋는 걸 눈치채지 못할 정도로 통찰력이 없거나 말 그대로 멍청한 사람이 문젠데 대처법은 쉽다. 필요할 때만 선을 넘고 그들을 이용한 뒤 이용 가치가 없어지면 다시 선 안으로 돌아온다.

선 긋는 이유도 굳이 알려줄 필요가 없다. 귀찮거나 이득이 되지 않는 사람에게는 무슨 잉여 행동을 하든 노동이다. 내가 무언가를 받았거나 받은 것 같으면 딱 그만큼만 돌려준다. 딱 그만큼만. 만약 내가 도저히 그만큼도 못 돌려줄 정도로 무능하다면, 내 알 바 아니다. 판단은 상대 몫이니까. 장담하건대 내가 선 긋는 것도 모르는 사람은 날 상대하며 손해 보는 것 같다고 생각해도 꾸준히 다가올 거다. 난 그저 묵묵히 그어놓은 선이 뚫리지 않게 지키며 중심을 잡는다. 그럼 된다.

누군가에게는 이기적으로 들릴 말일 것 같다. 차갑고 매정하고 정이 없다고 생각될지도 모른다. 하지만 일단 타인으로부터 이득을 본다는 것 자체만으로도 죄책감을 느끼는 '착한' 사람들은, 이렇듯 얻을 수 없다면 뺏기지라도 말자는 오기를 장착해야 한다.

나의 감정과 행실을 통제하기 위해 노력하는 하루하루. 비즈니스적 인간이 되자. 자기표현은 그다음 단계 혹은 필요 없다. 거만하면 어떤가. 겸손해봤자 돌아오는 떡은 없고 오히려 손해만 컸다. 이기적이면 어떤가. 애초에 사람을 거부하는 것을 이기적이라 할 수 있을까. 몇몇 사람은 타인에게 줄 수 있는 아주 많은 것 중 오로지 스트레스만을 주는데 거부하는 것이 이기적이 될 수 있을까.

일단 선을 긋고 저 사람이 내게 무엇을 줄 수 있는가, 그 기준만으로 타인을 판단하면 정말 너무나도 편리한 것이다. 그것을 판단하기 전에는 내가 가진 무엇도 타인에게 함부로 주지 않는다. 물질이든 시간이든 정이든 사랑이든 그 무엇도. 그 무엇도! 손해 없는 삶이란, 참 달콤하다.

이모는 내게 너무 사람들에게 날을 세우지 않아도 된다고 했다. 재고할 필요가 있는 조언이다. 날을 대놓고 세우면 초짜다. 은근하게 칼날을 번뜩이는 게 제일 무섭다. 겪어본바 그런 부류의 사람이 제일 강하다. 호의적인 듯 냉랭한 사람. 가까워질 듯 말 듯 도저히 가까워지지 않는 사람.

강한 사람이 되고 싶다. 따뜻한 사람이 되는 건 굳이 필수가 아니지만 강한 사람이 되는 건 나 자신을 위해 필요하다. 그래. '필요'에 의한 과제다. 하지만 꼬이지 않고, 삐뚤어지지 않고, 차가워지지 않고 강해지는 건 너무 어렵다. 정말 너무 어렵다.

너무

많은

세상

;

매일 청소하고 정돈된 일상을 만들려 한다. 그 정갈함 속에서 소중한 사람들과 순간순간 행복한 기억을 만든다. 온전히 기억할 수 없는 무의미한 만남보다 충분히 기억하고 담아낼 수 있는 만남을 가지기 위해 노력한다.

굳이 강박적으로 일상을 찍어내고 기록하려 하는 버릇도 마음의 여유를 없앤다. 새로 산 휴대전화 약정 기간이 한 달도 안 넘었는데 더 좋은 화질의 핸드폰을 가지고 싶다. 늘 새롭거나 예쁘고 싶다는 심리가 물건을 향한다. 세탁도 하기 전에 새로 산 침구가 지겹고, 살이 쪘단 핑계로 좋아하던 옷을 일부러

외면하며 방치한다. 현재 내가 가진 물건도 잘 활용하지 못하면서 자꾸만 새것을 원하는 마음을 반복적으로 성찰하다 보니 무엇이 본질적인 문제인지 확인하게 된다.

무언가 너무 많은 것들에 사로잡힌 세상이다. 너무 많은 욕망, 너무 많은 광고, 너무 많은 물건, 너무 많은 음식, 너무 많은 관계, 너무 많은 스트레스. 늘 그런 것들에 사로잡혀온 나날. 시류를 못 타는 사람이 되기 싫어 안달했던 때도 있고, 그런 라이프스타일이 나와 상극인 걸 깨닫고는 부러 단절되려 했던 나날도 있다.

우울함이 돌아온 시기에는 매일이 공허하고 또 열등감에 빠진 나날을 보냈다. 어두운 내면을 가리기 위한 연기와 치장의 수단으로 SNS를 하고 간헐적 과소비로 스트레스를 해소했다. 구매하기 버튼을 누르고 돈을 쓸 때 느껴지는 쾌감에 중독되다시피 한 것 같다.

예쁜 사진과 물건을 향한 집착이 여전히 어느 정도는 남아 있어, 그냥 그것들을 생각하지 않기로 했다. 사진은 찍지 않고 물건은 사지 않는다. 순간에 실존하는 나와 무언가의 관계에만 집중한다. 있는 물건을 최대한 사용하고 오래도록 깨끗하게 관리하려고 마음먹으니 가짜 행복이 걷히고 소소하지만 검소하고 본질적인 작은 행복이 드러난다. 내가 정말로 좋아하는 것을 새로이 보게 되거나 발견한다. 다시 발견하고 사용하고 느끼는 것에서 오는 행복.

만약 내가 가진 블라인드를 외면하고 패브릭 천을 사다 달았다면 아침마다 블라인드 사이로 새어 들어오는 줄무늬 햇살이 방바닥을 비추는 행복을 느끼지 못했을 것이다. 하나하나 직접 골라 모은 빈티지 니트들은 그 어떤 양산형 옷으로도 대체할 수 없다. 새 옷을 살 돈으로 관리가 까다로워 손이 안 가는 옷을 세탁해야 맞다. 생활에 필요한 물건만 소량 구입해 깔끔하게 수납하니 집이 더 넓어 보인다. 어떤 물건을 사려면, 기존에 있던 물건 하나를 버리려 한다. 물건에 제자리를 부여하니 다른 물건이 끼어들 틈이 없다.

물리적 세계뿐 아니라 심리적 세계의 '너무 많음' 속성도 없애려 노력한다. 매 순간 보여주기식 사진을 찍지 않아도 어차피 기억할 만한 추억은 반드시 기억하게 된다. 추억이란 물론 순기능도 많겠지만 경험상 많아 봐야 힘들다. 과거를 돌아보느라 현재에 집중하기 힘들기에. 깨어진 인연과의 추억이면 서글픔만 불러오기에.

공허함에 많이 먹고 마시면 더 공허해지고, 의미 없는 만남에 소진되면 다음 날 출근길이 힘들지. 요즘은 어쩐지 굳이 알고 싶지 않은 누군가의 일상을 공유받는 것으로도 에너지가 소모된다. 뭐가 아쉬워서 붙잡고 있는 걸까? 아쉽지 않다. 아쉽다고 착각할 뿐.

인간관계에도 미니멀리즘이 필요한 때다. 그 언젠가 과도한 인간관계는 매운 족발이나 3단계 마라탕의 속성과도 닮은 것 같다고 생각했다. 어쩐지 이번에는 무작정 감당할 수 있을 거라고 착각하고서 맹목적으로 매진했다가 한바탕 홍수를 만난 듯 휩쓸려간다. 체질에 따라 분명 권고량이 있는데 안일하게 오버하고 후회하는 게 정말 딱 매운 음식을 먹은 다음 날 같다.

인간관계에도 유통기한이 있다고 생각해서 더 매달렸던 그 시절. 하지만 이제는 안다. 관계란 썩지 않는 물건이랑 비슷하다. 쌓고 쌓으면 당연히 먼지가 앉고 뭐가 어디에 있는지 까먹는다. 반면 적당히 놓고 가꾸면 예쁜 화초처럼 내 마음의 공기를 정화한다. 그러다 오래오래 해묵으면 그 자리 그대로 있어야만 하는 앤티크 가구처럼 편안해진다. 참 잘 샀다, 싶은 세상에 단 한 벌뿐인 빈티지 옷처럼 참 잘 만났다, 어쩌다 나와 인연이 되었지, 싶은 그런 사람만으로 채우기에도 모자란 마음이다.

덜 공유하고 덜 사고 덜 말하고 덜 만나고 덜 욕심내기. 대신 많이 생각하고 많이 정리하고 늘 여유를 많이 확보하기. 진짜 자존감과 진짜 인연은 차분하고 시원하고 여유로운 일상에서 오롯이 내 실존에만 집중할 때 오리라 믿는다.

나를 알기 위해서는 결국 타인이 필요하다

사람과 관계하고 싶지 않아 혼자가 되고 나에게만 집중하며 살았다. 그 언젠가 내가 가졌던 순수한 따뜻함을 잃기 싫어서, 차가워지지 않고 강해지는 건 무척 어려워서 어떻게 해야 할지 모르겠고, 모르겠어서 그냥 혼자가 되었다. 늘 혼자였다고 생각했다. 나는 나로 인해 가두어졌고 좀 더 폐쇄적인 사람이 되어갔다. 역시 나만큼 나를 잘 이해하는 사람은 없다고 생각했다. 그 시기에 만난 한 친구는 당시 예민했던 나에게 이렇게 말했다.

“너 참 어렵구나.”

나에게는 내가 참 쉬운데, 남에게는 내가 어려운 모양이구나. 쉽게 판단당하는 사람이 되기 싫어 나 스스로 어려운 사람이 되었으면 참 좋겠다고 생각했었다. 그래서 문을 걸어 잠그고 살았더니 진짜로 어려운 사람이 됐다. 그런데 전혀 기쁘지 않았다. 오히려 박탈감이 들었다.

그래, 나 어려운 사람이야. 그런데 네가 정말 날 좋아한다면 어렵다고 도망치지는 말아야지. 날 읽어줘야지. 그 정도 열정은 보여줘야 '내 사람'이라고 할 수 있는 거 아니야? 그런 잘난 생각들을 하며 살았다. 그렇게라도 해야 내 자존감이 지켜지는 것 같아서.

어느 날은 퇴근길에 반포대교 너머 불빛들을 보며 이런 생각을 했다. '저 수많은 불빛 중 내 것은 없어. 어느 작은 빛이라도.' 저 불빛 하나 가지기 위해 사람들은 죽자 살자 먹고 싶은 걸 참아가며, 하고 싶은 것들도 참아가며 노력한다. 그런데 나는 그러고 싶지가 않았다. 그럴 능력이나 형편이 되지 않아서 엄두조차 내지 못한다는 맥락이 아니라 그냥 정말 딱히 불빛이 부럽지가 않았다. 왜지?

어느 날은 친구 딸이 결혼했다고 부러워하는 엄마에게 이렇게 말했다.

"엄마, 나는 결혼하는 사람이 안 부러워. 혼자 사는 자유가 없어진 거잖아. 그래서 결혼하기 싫어. 내 마음이 부럽지가 않은 걸 왜 억지로 해야 해?"

나는 도대체 무슨 소리를 하는 거냐는 듯한 엄마의 표정을 보았다. 그리고 깨달았다. 아… 내가 참 어려울 만도 한 사람인가?

또 어느 날은 전 직장 동료를 만났다. 꽤 나이 차이가 나서 그분은 이미 기혼자에 아이도 둘이나 있었다. 그분은 틈만 나면 나에게 경제 공부와 재테크의 중요성을 설파하고는 했는데, 언제는 유기묘를 데려오기로 했다는 내 말에 숨 넘어갈 듯 기겁하며 "왜 그런 선택을 했어! 동물 키우는 데 얼마나 많은 돈이 들어가는데! 돈이 없어서 그 애가 아플 때 치료해주지 못하면, 네가 그 아이를 죽이는 거나 마찬가지인 거잖아!"라는 발언을 해서 절교 직전까지 간 적도 있었다.

운명은 나를 또 그와 비슷한 상황에 놓이게 했다. 나는 다시 한번 나와 반대되는 가치관에 부딪히게 되었지만, 그사이 몇 살 더 먹었다고 꽤나 여유로웠다. 급기야 '이분은 왜 이런 가치관을 가지게 되었을까?'라는 호기심까지 생겨나 카운슬러를 자처해 그분의 인생 이야기를 들어주었다.

"나는 언니들이 나 빼고 해외여행을 다녀오는 게 너무 억울하고 서러웠어. 없어서 서러우니까 내가 벌어야 해. 내가 돈을 벌어서 부자가 되어야 해."

그랬던 거였다. 나는 고개를 끄덕였다.

"○○ 님은 그런 게 부럽구나."

"응. 난 그게 너무 부러워."

그제야 그분의 심리를 알았다. 자신이 부러워하는 것을 부러워하지 않는 상대와 대화를 나누는 상황이 굳이 나에게만 불행은 아닐 것 같아서 그날의 만남은 그 선에서 적당히 끝내었다.

이런 일들은 내가 대한민국의 '보편적인' 국민 사이에 잘 섞이지 못하고 방황하는 이유 중 일부다. 내향적인 호모 센서티브인 것에 더해 인간관계 편식, 비혼에 가까운 마인드, 포괄적인 경제 관념에 이르기까지. 한 해 한 해 나이가 들수록 내가 왜 남들에게 어려운 사람이고, 왜 우울했고, 왜 어디에도 속하지 못한다고 느꼈는지 이런 식으로 구체적이고 현실적인 단서들을 하나씩 찾을 수 있었다.

그랬다. 그랬던 거였다. 그런 단서는 하루아침에 찾아지는 게 아니었다. 혼자 집에 틀어박혀 자의식에 매몰돼 있을 때는 모른다. 어떻게 알겠는가. 사회에 나가 다른 사람을 만나고 그들과 대화를 나눔으로써 알게 되는 것들이었다.

내가 다른 사람과 어떻게, 왜 다른지를 이해하기 위해서는 결국 비교군인 타인이 필요하다는 사실을 인정하기까지 이토록 많은 시간이 걸렸다. 나에게 '보편적인' 사람들이 어렵듯이, 그들에게도 내가 참 어려운 존재라는 것을 깨닫기까지도 참 오래 걸렸고.

많은 경우 내가 타인과의 만남에서 상처받고 힘들고 이해받지 못해 괴로웠던 이유는, 내가 그들과 다른 가치관을 가졌고 소수에 속하는 사람이기 때문만은 아니었다. 상대의 말과 세계를 존중하고 배려하며 대화하는 법을 모르는 사람을 더럽게 운도 없이 자주 맞닥뜨렸기 때문도 있었다. 한마디로 내 곁에는 '좋은 어른'이 없었다. 그보다는 자주 훈계하고 가르치려 드는 '라떼'나 감성의 온도가 안 맞는 또래가 대부분이었다.

서로 다른 가치관을 가져도 상대의 기준에서는 내가 틀릴 수도 있다는 것을 잘 인정하고 존중하는 사람도 얼마든지 많은데. 내 주변에는 그런 사람이 부족했다. 정확히는 내가 정말 필요로 할 때 존재해주지 않았다.

기성세대라 불리는 어른들의 보수적인 마인드, 완고함, 고집 때문에 내가 틀린 사람이고 내가 잘못된 거라고 생각하며 성장기를 보냈고. 사회에 나와서도 썩 마음이 맞는 사람이 드물다 보니 그런 크고 작은 갈등이 속으로만 쌓여서 이렇게 된 거였다.

하지만 자칭 소수인 내가 타인과 어떻게, 왜 다른지 이해하기 위해 비교군인 타인이 필요했던 것처럼, '내가 어떤 사람과 비슷한지'를 알기 위해서도 결국에는 마음의 틈이 열려 있어야 했다. 세상 어딘가에는 나처럼 반포대교의 불빛을 부러워하지 않는, 결혼하는 사람을 부러워하지 않는, 유기묘를 데려오는 것을 응원해주는, 재테크에 관심이 없는, 도시보다 전원을 선호하는 사람이 분명 있다. 내가 겪은 부조리한 상황을 듣고 "미친 거 아니야?" "그 사람이 잘못한 거네." "네가 고생했다."라고 말해주는 사람이 반드시 존재한다.

시간이 흐를수록 강하게 느끼는 신조가 있다. 바로 '분수란 나 스스로 만들어가는 것' 그리고 '세상에 존재하는 수많은 상식 중 나에게 맞는 상식을 찾아야 한다'는 것. 어느 누구도 그 자리 그대로만 있어야 한다는 법은 없다. 나를 가두는 것도, 마음의 문틈을 여는 것도 오롯이 나의 몫이고 나의 선택이 되어야 한다. 나와 비슷한 상식을 가진 내 사람을 찾는 것은 어렵지만, 그렇게 한 명씩 두 명씩 찾고 모으다 보면 결국 내가 속한 공동체는 나에게 큰 힘이 된다.

그러니 선을 긋는 것도 좋지만, 가끔은 나를 조금씩 오픈해서 '나의 상식' 주변으로 모여든 사람과 관계하자. 그 사람들이 당신이 놓치지 말고 잡아야 할 인연이 될지도 모른다.

내 안의 괴물

마주하기

; 때는 2018년, 기대하던 게임이 론칭했다. 〈야생의 땅: 듀랑고〉라는 모바일 게임이었다. 꽤나 장기 프로젝트였던 이 게임의 세계관은, 간단히 말하면 현대인들이 미지의 사고로 공룡들이 사는 섬에 떨어져 생존 기술을 익히고 살아남는 내용이다.

나는 멍한 눈으로 누워 게임 속에서 열심히 농작물에 거름을 주고 공룡 고기를 요리하고 나무를 팼다. 물론 게임 속에서도 철저히 혼자였다. 그러다가 문득 그런 생각을 했다. 모든 사람이 이렇게 갑자기 정체불명의 땅에 떨어진다면 어떻게 될까? 내가 이루었던 커리어와 모은 돈, 집, 명예, 가족, 모든 것이 사라지고 모두가 맨몸으로 같은 시대, 같은 공간에 떨어진다면? 모든 것을 0부터 쌓아나가야 하는 상황에 처하게 된다면?

나는 늘 생존한다는 것에 관심이 많다. 게임도 그렇지만 영화나 드라마도 재난물을 좋아한다. 그런 장르에서는 꼭 사람들의 본성이 밑바닥까지 잘 드러난다. 또한 그런 재난이 혹자에게는 절망과 불행이기도 하지만, 혹자에게는 기회가 되기도 하더란다.

사실은, 그냥 모든 것이 0부터 시작되는 끔찍한 재앙이 나에게도 왔으면 바라기 때문인지도 모른다. 남들 다 10부터, 100부터, 하다못해 1이라도 갖고 시작할 때 나는 늘 0부터 시작했다고 느꼈으니까. 깨닫기까지는 조금 시간이 걸렸지만. 내 인생의 베이스가 100이었다면, 나는 어떤 사람이 되었을까?

나는 가족들이 불편했다. 한평생 살며 가족이라는 존재에 의지 비슷한 걸 해본 적이 별로 없다. 친아빠가 비참하게 죽고 장애를 가진 아들과 머리만 똑똑한 딸을 데리고 서울로 올라온 엄마는 스스로의 정신을 붙잡고 사는 데만도 벅찼을 것이다. 유년 시절 엄마는 늘 어딘가 위태로워 보였고 기댈 벽이 필요해 보였다. 울면서 잠드는 엄마 옆에서 뜬눈으로 밤을 지새웠던 기억들.

'성인까지 굶지 않고 자랐다.'만으로 엄마에게 고마웠고 그 이상의 무언가를 더 바랄 수 없었다. 마찬가지로 누군가가 내게 무언가를 바라는 것도 원하지 않았다. 내게 무언가를 바랐다가 실망하는 사람을 보면 부담스러운 것을 넘어 괴롭고 벅차서 숨이 막혔다. 그저 한 명의 성인을 만들어주었다는 것 이상의 무언가를 부모에게 바랄 수 없다는 것은 절대적으로 보면 당연한 이치이나 상대적으로 보면 불평등이다.

드라마 〈나의 아저씨〉에서 주인공 지안은 몸이 아픈 할머니를 도와준 직장 상사 동훈을 보고 할머니에게 이렇게 말한다.

"잘사는 사람들은 좋은 사람 되기 쉬워."

부족함 없는 풍족한 경제적 지원을 받으며 품격 있는 교육을 받은 아이와 옷 한 벌, 책 한 권, 햄버거 하나 마음대로 사달라고 조르지 못해 마음을 걸어 잠그는 아이 중 과연 누가 좋은 사람이 될 확률이 높을까? 누가 괴물 한 마리를 심중에 품고 살 확률이 높을까?

가난한 사람들은 부자들이 평생 고민하지 않아도 되는 고민을 해야 하는데, 굳이 경제적인 면에 국한되지는 않는다. '쪼잔해 보이지 않는 연습' '없어 보이지 않게 꾸미는 연습' '만만해 보이지 않는 연습' 같은 걸 해야 하고, 열등감을 감추기 위해 '자존감 높은 척하는 연습' 같은 것도 해야 한다.

원하든 원하지 않았든 내게 생긴 그런 종류의 열등감은 하루아침에 날 찾아와 폭발하는 종류가 아니었다. 한 사람의 생에 달라붙어 서서히, 조금씩 조금씩, 주변 사람과 나의 상황을 비교하고 분석하는 과정에서 깨닫게 되는 링거 같은 감정이다.

나는 그 열등감의 분노가 향해야 할 대상을 찾을 수가 없었다. 가족? 나 자신? 차마 전자를 향하지 못한 화살은 후자에게 돌아가 자존감을 깎고, 낮은 자존감은 열등감의 자양분이 되어 종내에는 악순환이 반복되었다. 그렇게 몸집을 부풀린 열등감은 평소에는 고요히 잠들어 있다가 어느 순간 왈칵 고개를 들고 나를 괴물로 만들고는 한다. 그래서,

[골프도 돈 걱정 없이 치고 여행도 다니고 그렇게 늙어가고 싶네 장모님 용돈 많이 주는 사위 보고 싶다 ㅎㅎㅎ]

엄마가 이런 메시지 같은 거라도 보내면,

[내 인생이 24시간 돈 걱정이야 나 같은 거렁뱅이한테 누가 장가를 와]

라고 대꾸하는 스물아홉의 나를 본다.

그 한마디가 스물아홉의 내가 가진 열등감이었다. 그 한마디가 나의 한계였고. 그 한마디가 내가 여전히 부수지 못한 엄마와 나 사이의 벽.

그런 뾰족한 말에 엄마는 이렇게 대답한다.

[오기 싫음 치아라해ㅎㅎ 우리 딸은 잘되게 되잇어~~ 걱정 마 장가 오는 놈이 복이지 항상 그렇게 생각하고 자신 잇게 살아 넌 사주가 좋아 성공 사주야 된다고 생각하고 즐겁게 웃고 살면 잘된다~~ 인생은 바라는 데로 50프로는 된다 반드시 나머진 노력~~]

밀려오는 수치를 견디지 못해 나는 또 운다. 시도 때도 없이 튀어나오는 해묵은 열등감, 상처, 방향을 잃은 화살. 들어가, 이 괴물아. 넌 내 인생을 망칠 수 없어.

어느 날은 지인이 나에게 이런 말을 했다.

"사랑 씨가 본인 돈으로만 대학 졸업하고 혼자 집세 내면서 서울 살고 라섹 수술도 자기가 번 돈으로 하고 이런 거 자랑하고 다니세요. 어지간한 어중이떠중이들은 다 떨어져나가고 진짜 사랑 씨 사람만 곁에 남을 거예요. 쉽게 속 빈 강정들 기를 죽일 수 있는 말이에요. 사랑 씨는 스스로를 자랑스러워할 필요가 있어요. 정말 멋있는 거예요."

처음 이 말을 들었을 때 부모님도 말해주지 않는 내 노력에 대한 치하, 이해, 그런 걸 받은 것 같아 참 기뻤다. 정말 가족의 도움 없이 경제적으로 자립한 내가 대단하게 느껴졌다.

하지만 시간이 지나 곱씹고 돌이켜 보니 그 말이 돌연, 너무나 큰 상처로 다가왔다. 아니, 상처라기보다는 다른 차원의 몰이해를 경험한 무기력, 비슷한 감정. 단 한 번도 나 같은 삶을 살아보지 못한 사람만이 할 수 있는 말 같아서였다.

내가 겪어온 상처와 지나온 역경을 '자랑'하고 다니라니. 난 스스로를 불쌍히 여기거나 격려한 적은 있을지언정 단 한 번도 내 불행을 자랑거리라고 생각해본 적 없었다. 괜히 사연 있어 보이고, '혹시 가정이 불행해서 저렇게 사는 걸까?' 하는 생각을 할까 봐.

나의 고난이 그들에게는 그렇게나 신기하고 위대한 일인가 싶은 것이었다. 차라리 나에게 "참 복 없다."고 말한 친구의 말이 더 위로가 되었다. 칭찬을 들어도 이런 삐딱한 생각이나 하다니. 차마 좁힐 수 없는 격차라는 게 체감되는 날이면 높은 장벽 앞에 덩그러니 서 있는 것만 같다. 그 벽은 어떻게 해야 부술 수 있을까. 그 벽 너머에는 무엇이 있을까. 어쩌면 내 평생 보고 느끼지 못할 것들이 가득할까.

결핍과 열등감에 더해 이런 식으로 날아드는 눈치 없는 칭찬에 긁힌 상처와 박탈감까지 느껴야 하다니. 내 안의 괴물이 호의를 호의로 받아들이지 못하고 또 울부짖었다. 그런데 도무지 어쩔 수가 없다. 그 괴물이 나다. 그게 나다. 나는 이제야 나의 내면으로부터 멀찍이 떨어져 검게 물든 또 다른 나를 관망한다.

괴물은 '과거'에 가깝다. 내가 거쳐온 과거가 응집된 산물이다. 무언가를 기억한다는 것은 아픈 일이다. 그 시절 고통받고 아팠던 기억들이 여전히 나를 괴롭혀서. 그런데 사람의 현재를 이루는 것은 필연적으로 과거일 수밖에 없기 때문에 우리는 괴롭다.

태생부터 내게 없던 것들, 내가 놓친 기회들, 괴로웠던 인연들, 이제는 붙잡을 수 없는 박제된 추억들, 겪어낸 시련들. 하나하나 떠올리다 보면 고개를 뒤로 꺾어 내가 남겨온 발자취를 들여다보느라 목이 빼근할 정도다. 창피하고 애처롭고 안타까운 그 시절의 나.

그렇기에 무언가를 기억한다는 건 아픈 일이다. 사람은 왜 과거를 기억하는 거지? 아니, 정확히는 왜 '아픈' 과거를 기억하는 거지? 무엇을 그리 잊지 말아야 하길래. 무엇이 그리 잊히지 않아야 하길래. 흐르는 세월을 따라 살다가 문득 현재의 내 안에 자리한 괴물을 보면, 올바른 삶을 살았나 가늠하게 될 수밖에 없는 것이다. 그래서 나는 가끔씩 과거를 한번 버려본다. 마치 내 것이 아닌 것처럼.

아픔 속에 빠져 있을 당시에는 나 자신을 타자화하지 못해 스스로를 안아줄 수 없었다. 나이를 몇 살 더 먹고 나서야 비로소 '그때의 나'를 타자화할 수 있게 되었고, 덕분에 팔을 뻗어 나 자신을 안아줄 수 있었다.

너 정말 힘들었구나. 외로웠구나. 강한 척하며 살았구나. 세상에, 어떻게 그랬니. 이리 와, 혼자가 아니야. 이제 너한테는 다 지나온 미래의 너가 있어. 그렇지? 그렇게 생각하다 보니 '과거의 내가 가진 한계 때문에 어쩔 수 없이 이루어진 현재'라는 것이 그렇게 서글프지만은 또 않아서. '그때의 나'는 나에게 주어진 조건 안에서 최선의 선택을 한 것이고, 덕분에 아주 완벽하지는 않아도 스스로 원하는 삶을 살아온 거라는 생각이 들어서.

과거의 나는 미래의 나에게, 미래의 나는 과거의 나에게 서로서로 위로가 된다는 것이 그렇게 신기한 날이면, 비로소 더 먼 미래의 나는 어떤 사람일지 궁금해지는 것이다. 그렇게 늘 과거로만 향했던 생각의 방향이 마침내 미래로 향하는 빈도가 높아졌다.

그랬더니 내가 가지지 못한 것을 가진 건 어떤 기분일지 궁금해하지 않게 되었다. 아, 부정(父情)이라는 건 뭐지? 장애 없는 형제를 가진 기분은 어떤 거지? 돈이 많다는 건 뭐지? 아무런 상처도 없는 과거를 산 사람의 마음이란 뭘까? 상상하고 또 상상해봐도 몰랐던 것들이 더 이상 그렇게 많이는 궁금하지 않다. 잘은 모르겠지만, 이런 나 또한 누군가의 부러움일지 모르잖아.

내 눈에는 늘 반짝반짝 예쁘고 멋있고 부러운 애들이 오히려 내가 가진 것을 부러워하면 속으로 삐딱하게 했던 생각들, 대개 '그러는 너도 나한테는 없는 것을 많이 가지고 있잖아. 그런 주제에 뭐가 부럽다는 거야.' 하는 식의 생각들을 멈추게 되었다. 그게 나 자신이 아닌, 내 안에 웅크린 괴물의 속삭임이라는 것을 알기에.

이제 내 생각의 초점은 과거와 현재에 머무르지 않는다. 달

성하지 않을 목표여도, 이루지 못할 꿈이어도 조금 더 현재에서 앞선 미래를 생각하고 상상한다. 즉, '미래의 나'를 보는 습관이 생겼다. 아, 다음 주까지는 꼭 이 분량만큼 글을 써야겠다. 언젠가는 이런 소재의 이야기를 써보고 싶다. 직장인 취미학원 같은 거 다녀볼까. 다음 달에는 가을맞이 향수를 사야지. 어떤 향이 좋을까. 인세가 변변치 않다는 전제하에 월급으로만 계산하면 3년 후에는 돈이 이 정도는 모여 있을까? 30대에는 이런 삶을 살고, 40대에는 이런 삶을 살고 싶다.

과거에 머물러 있지 않으니 사람이 조금은 세속적이고 단순해진 것 같다. 아직 정해지지 않은 미래를 계획하고 점치는 일은 의외로 사람에게 '희망' 비슷한 감정을 준다는 것을 깨달았다. 무언가를 희망하고 기대한다는 감정은 우울의 축보다는 행복의 축에 훨씬 더 가깝다.

그렇게 미래에 초점을 맞추며 살다 보니 '내가 정확히 어떤 사람이 되고 싶은지'도 조금씩 명확해졌다. 나의 라이프스타일과 인생관이 선명해지고 결이 비슷한 사람과 관계할 기회가 많아졌다. 나 자신을 쓸데없는 인간관계의 늪에서 똑 떼어 원하는 집단에 탁 놓아두니 갈등하는 일도 적어지고 결속이 생긴다.

나의 못난 모습을 외면하지 말자. 바라보고 또 바라보고, 생각하고 또 생각하자. 왜 이렇게 되었을까. 무엇이 날 이렇게 만들었을까. 그렇게 서서히 드러나는 내 마음속 괴물을 안아주자. 한두 번씩 발작하듯 난동 부리는 그 작은 아이를 관망하고 다스릴 수 있게 된다면, 어느새 나 자신과 좀 더 친해지게 될 것이다.

내 안의 괴물을 인정했다면 '더 괜찮은 나'를 위한 조각을 시작해보자. 사람은 언제 죽을지 모르니까 너무 과하게 열심히 하지는 말고, 그렇다고 너무 게으르게 하지도 말고, 나에게 딱 맞는 속도로. 그러다 보면 현재의 나를 웃는 얼굴로 바라보고 있던 미래의 나를 마주하게 될 것이다.

epilogue

아무 일도 없는데

다치고 있는 당신에게

; 같은 시간에 눈을 뜨고 같은 시간에 집을 나와 같은 시간에 버스 정류장에 가면, 오늘도 대여섯 명의 사람이 옹기종기 모여 저마다 버스를 기다린다. 오늘은 백팩을 메고 뛰어가는 학생과 힐을 신고 핸드메이드 코트를 입은 긴 머리 여자와 물끄러미 버스 노선도를 쳐다보는 중년 남자를 봤다. 그들은 어디를 향해 가려고 나와 같은 시간에 이곳에 왔을까.

예전만큼 우울하지는 않다. 조금은 이성적인 사람이 되었다. 정신은 오히려 멀쩡해서, 보다 덜 건강한 주변 사람의 문제를 눈치채곤 한다. 보이는 것과 달리 외로워하는 사람을 마주

할 때면 조금 안쓰러워 숙연해지다가도 그것조차 오지랖 같아 눈을 감아버린다.

새로 온 옆자리 동료와는 아직 어색하고, 일을 마치면 늘 머리가 띵하다. 술을 사주겠다고 부르는 친구가 있어 퇴근 후 상수동으로 넘어가 젊은 사람이 많이 거니는 거리를 걸었다. 세상의 어디를 가도 사람, 사람, 사람이 있었다.

한 남자가 나와 같은 길을 걸어가며 앞에서 담배를 피웠다. 그 남자의 옆을 걸어가던 여자가 좀 더 옆으로 멀찍이 떨어져 걷기 시작했다. 그 여자는 아마 속으로 짜증을 냈을 것이다. 나는 그 남자와 거리를 벌리지 않고 그저 묵묵히 담배 냄새를 맡으며 계속 걸었다. 간접흡연은 걱정거리도 아니다. 그것보단 내 인생이 더 걱정된다. 길거리를 걸으며 담배를 피우는 사람, 그걸 보고 피하는 사람, 그걸 보고도 피하지 않는 사람. 비슷한 나이의 인간인데 어쩌면 행동하는 게 이렇게 다른지 신기했다.

서로 다른 가치관, 서로 다른 기준, 서로 다른 인생. 셋 중 가장 착한 사람은 누구일까? 가장 악한 사람은? 길거리에서 담배를 피우는 건 나쁘지만 사실 남자의 다른 면은 좋을 수 있다. 여자에게도 길거리에서 담배를 피우는 것만큼 나쁜 버릇이 있을지도. 나는 우리가 만약 같은 학교나 회사에 다닌다면 서로 친구가 될 수 있을지 궁금했다. 술을 마시러 가면서 그런 쓸데없는 걸 궁금해했다.

절대적으로 정해진 정답은 없다. 우리 셋은 모두 각자의 기준에서 옳다. 어쩔 수 없는 나쁜 버릇이 있어도 우리 셋은 모두 젊고 우리 셋의 인생은 모두 가치 있다. 나는 사람들이 그걸 알아야 한다고 생각한다. 보이는 것과 다른 면, 2차원이 아닌 3차원을 보는 법. 모두의 삶에는 가치가 있다는 것. 그걸 안다면 그 누구도 함부로 대할 수 없을 것이다.

사람들을 관찰했다. 그들은 어딜 가든 하염없이 떠들었다. 전화를 하면서도 떠들고 친구를 만나서도 떠들고 밥을 먹고 술을 마시면서도 떠들었다. 그들은 일과 애인과 미래에 대해 떠들고 있었을 것이다. 짜증 나는 직장 상사에 대해, 동생이나 엄마나 친구에 대해, 좋아하는 축구 선수나 게임에 대해 떠들었을 수도 있다.

사람들이 떠드는 이유는 외로워서일까? 자기 마음에, 삶에 공감해주길 바라서일까? 하지만 길거리를 걸으며 담배를 피우는 사람의 말을, 길거리를 걸으며 담배를 피우는 사람에게

서 한 걸음 떨어져 걷는 사람이 완전히 이해할 수 있을까? 서로 다른 가치관과 기준과 인생을 가진 사람들이 과연 관계를 만들고 대화를 한다고 해서 서로를 완벽히 이해할 수 있을까? 그런 고민.

인간관계는 어쩌면 그래서 재미있는 걸지도 모른다. 늘 일정량의 의심과 호기심이 존재해야만 사람들은 서로의 지속되는 삶을 궁금해한다. 인간관계는 즐거움이 아니다. 언제나 아슬아슬한 줄타기와 다름없다. 우리는 넘어질 듯 넘어지지 않으며 쉬엄쉬엄 서로를 생각하고 그러다 불현듯 묘한 힘에 이끌려 다시 발을 딛는다. 너의 담배 냄새는 싫어도 다른 모습은 좋고, 더 알고 싶으니까 다가간다. 그 모습이 우스우면서도 용기 있고 사랑스럽다고 생각했다. 지나온 줄을 돌이켜 보면 그건 행복보다 후회와 슬픔을 더 많이 남기는데.

그렇게, 다들 관계를 발전시키고, 취할 것은 취하고, 버릴 것은 버리면서 나아가는데, 왜 나는 미련을 품고 제자리에 가만히 서 있기만 할까. 사람을 고르는 기준이 너무 높다. 좋은 인간관계를 갖고 싶다면 스스로 노력해야지. 그렇게 생각했지만 사실 가장 노력을 안 하는 건 나인 것 같았다.

실시간으로 현재와 미래를 향해 힘차게 사는 사람과 발맞

춰야 했다. 하지만 그럴 수 없었다. 세상일에 관심을 두고 다수를 쫓아 사는 삶은 피곤했다. 변두리에 외따로 떨어져 안위하고 관망하고만 싶었다. 이런 내 삶의 방식이 안타깝다고 말하는 사람들. 왜 더 큰일을 하지 않냐고, 왜 그걸로 만족하냐고 하는 사람들. 편견, 어림잡기, 판단하기.

나는 물리적으로 아무 일도 일어나지 않는데 언제나 다치는 느낌이 들었다.

가을에는 클럽에 갔다. 재미없는 음악을 들으며 술을 마시고 늦은 새벽 재미없는 식당에 들어가 재미없는 인생 이야기를 늘어놓았다. 그때 나는 삶을 살아가는 게 엄청나게 무서운 일이라는 생각이 들었다. 술을 보관하는 냉장고를 정리하는 아르바이트생과 저들끼리 싸워대는 외국인 무리와 앞에 앉은 내 친구들을 번갈아 보면서 모든 사람은 불쌍하다는 생각도 했다. 왜? 쓸데없이 사회적인 동물이라서? 이유는 알 수 없지만 그런 생각이 들었다. 나는 "모든 사람은 불쌍해."라고 반복해서 중얼거렸다.

숟가락을 쥔 손을 내려다보니 손목에 '1:30'이 쓰여 있었다. 덩치 큰 아저씨가 클럽 앞에서 우리 손목에 1:30을 쓰고 이때까지는 꼭 안에 있어야 한다고 말했다. 이딴 건 도대체 왜 쓰는 거지? 이 시간까지 여자들이 클럽에 있어야 성비가 맞으니까? 참 싫다가도 나는 또 연민을 느꼈다. 이걸 써야만 장사가 되는 그 아저씨에게, 이게 적힌 나에게, 그 클럽 안에 있던 사람들에게.

나는 1:30을 억지로 지우지 않았다. 머리 아픈 술을 퍼붓지 않아도, 클럽 안에서 누구의 눈도 마주치지 않아도, 결국 재미없는 인생 이야기만 늘어놓게 되었어도, 그 1:30 덕분에 내가 아주 열심히 살아서 놀았다는 게 실감이 났다.

"다들 삶에 밀리고 치여 여기까지 온 걸 텐데."

문득 홍대에 사는 친구의 말이 머릿속에 맴돈다. 밀리고 치이고 외로운 젊은이들. 내 손목에 1:30을 쓰던 그 아저씨는 지금 어디서 뭘 하고 있을까? 그 사람은 내 손목에 1:30을 쓰면서 무슨 생각을 했을까? 그도 여자들 손목에 1:30을 쓰는 행위를 싫어할까? 아마 아무 생각 없겠지. 나는 또 쓸데없는 게 궁금해졌다. 다른 사람은 하등의 의문도 갖지 않는 것들이.

쓸데없는 인류애, 쓸데없는 관심, 쓸데없는 호기심. 결국은 또 인간으로 인해 상처받고 도망치게 될 거면서, 나는 쓸데없는 것이 궁금하다. 그리고 누구라도 붙잡고 말하고 싶다. 그저 살아 있는 것만으로도 불안한 거 다 안다고. 삶에는 절대적인 정답이 없다고. 당신이 무슨 일을 하고 어떤 인생을 살든 기죽지 말았으면 좋겠다고. 당신의 삶은 가치 있고 아름답다고. 그렇게 생각하는 사람, 당신이 어떻게 사랑하고 웃는지 궁금해하는 사람이 여기 있다는 걸 알아달라고.

그러니 담배를 피우는 당신과 그걸 보고 피하는 당신은 아름답다. 당신을 아름답지 않다고 말하는 사람에게 이렇게 말해라. 그쪽이 틀렸습니다. 교복을 입고 보라색 머리끈으로 머리를 묶고 친구를 보며 환하게 웃는 당신도 아름답다. 당신을 아름답지 않다고 말하는 사람에게 이렇게 말해라. 그쪽이 틀렸습니다. 남색 후드를 입고 검은 가방을 끌어안고 버스에서 조는 당신도 아름답다. 당신을 아름답지 않다고 말하는 사람에게 이렇게 말해라. 그쪽이 틀렸습니다. 아르바이트하는 식당 앞에 유니폼을 입고 쪼그려 앉아 한숨 쉬는 당신도 아름답다. 당신이 아름답지 않다고 말하는 사람에게 이렇게 말해라. 그쪽이 틀렸습니다. 청춘에게 부럽다고 말하며 어깨에 멘 가방을 꼭 쥐고 구두 소리를 내며 걸어가는 당신도 아름답다. 당신이 아름답지 않다고 말하는 사람에게 이렇게 말해라. 그쪽이 틀렸습니다.

당신이 하고 싶은 것을 해야 당신의 삶이 되는데 그걸 하지 말라는 사람에게 크게 말해라. 그쪽이 틀렸습니다.

이불에 파묻혀 훌쩍이며 내일은 어떤 시련이 기다릴까 생각하는 당신. 오늘도 차가운 베개. 지겹게 비싼 인생 유지비. 사사로운 생각들. 원인 불명의 불안감. 그런 것들이 끊임없이 괴롭히는 밤을 뜬눈으로 지새우는 당신은 틀리지 않았다. 건드리면 눈물이 날 것 같고, 어딘가에 입술을 콱 찍어버리고 싶고, 기절하고 싶고, 죽어버리고 싶은 마음 모두 당신의 것이다.

당신이 틀렸다고, 별것도 아닌 걸로 힘들어한다고, 올바르지 않은 길을 가고 있다고, 당신은 쓸모없다고 말하는 사람에게 있는 힘껏 크게 말해버려라. 그러는 그쪽이야말로 틀려먹었다고. 내 생각에 젊었을 때 해야 할 일은 오직 이것뿐이다. 나의 목소리를 내는 것. 타인의 기준에 잠식되어 자신을 잃지 않는 것. 자신을 지키기 위해서는 얼마든지 고집부려도 된다.

굳이 공격적인 타인에게 관심을 줄 필요가 있을까. 나의 이면을 보지 못하는 2차원에 갇힌 그들의 말에 신경 쓸 필요가 있을까. 어떤 것이든 반대되는 세력이 있을수록 빛나는 법이다. 갈등은 이야기의 필수 요소다. 그게 없으면 디즈니 영화도, 마블 코믹스도 재미없을 것이다. 누가 뭐래도 해적왕이 될 거라는 루피처럼 줏대를 지키는 게 중요하다. 사람은 다른 사람의 말에 너무 쉽게 휘둘린다. 담담하게 흘려 넘기지 못하겠다면 훈련을 해서라도 나 자신을 지켜야 한다.

당신이 아름답지 않다고 말하는 사람들은 당신의 인생을 대신 살아주지 않는다. 그들이 당신의 인생을 대신 살아준다고 해도 그 인생은 당신에게 오답이 될지 모른다. 자신만의 정답과 오답을 찾아야 한다. 그래야 나만의 삶과 기준과 가치관이 생기니까. 그래야 인간관계라는 아슬아슬한 줄타기를 하다 넘어져도 다시 나의 줄을 찾을 수 있으니까. 그래야 내 삶을 살아가며 회의감을 안 느끼니까. 그래야 내 마음대로 살아도 아무 일도 일어나지 않는다는 걸 알게 되니까.

당신의 눈동자. 그곳의 하늘에는 밤이 있다. 밤은 낮보다 생의 본질과 닮았다. 차갑고 고독하지만 아주 자그마한 빛도 아름답게 만든다. 그리고 그곳의 땅에는 사막이 있다. 밤의 사막을 건너는 누군가가 보인다. 낙타를 탄 나그네일 수도 있고 지프차를 탄 푸른 여인일 수도 있고 어쩌면 강아지나 고양이 한 마리일 수도 있다.

나는 당신 안에 담긴 그 사막의 모래를 흘려 보내지 말았으면 한다. 아무리 따갑고 까슬할지라도 손에서 놓지 말았으면.

그 모래알을 꼭 쥐고 계속 걸어갔으면. 그냥 그렇게 살아서, 언제까지고 걸어갔으면. 그 모습이 내겐 가장 아름다우니.